早川学校

ちょっとの勇気と知恵でキミは輝く

早川忠孝

清水弘文堂書房

はじめに

ブログやメルマガでは絶対にできないことがあります。

ブログやメルマガでは十分にみなさんにお伝えできないものをなんとか形にしたいと思ってこの本を出すことにしました。


この本の題名は、早川学校です。


教室は私のブログ「弁護士早川忠孝の一念発起・日々新たなり――通称早川学校」のなかにあります。校長は私ですが、この校長も実は早川学校の生徒のひとりです。

誰が先生で誰が生徒かよくわからないところがありますが、早川学校に通う人は時には生徒になり時には先生になります。

学校ですから、みんな学ぶ人ばかりです。

完璧な人や完成品が揃っているわけではありません。
みんな不完全で、発展途上の人ばかり集まっています。
誰でも入れます。
自分にあわないと思ったら、いつでも抜けることができます。

ここでは、成績はつけません。
昨日の自分よりも今日の自分が良くなっていれば一〇〇点です。
今日の自分より明日の自分が良くなるのであれば一〇〇点です。
一〇〇点以外の点数がありませんから、点数はつけません。

本にしたのは、みなさんに手に取って何度も何度も読んでもらいたいからです。
擦り切れるほどに読んでもらいたいものを、
たくさんこの本のなかに詰め込んでおります。

探せばたくさんの宝物を掘りあてることができるでしょう。
そのためには、この本を手にとって、何度も何度も眺めることです。

上にしたり下にしたり、斜めにしたり逆さまから眺めて見たり、
なんでもやることです。

どんなものでも、読めばなんとなくわかったつもりになるでしょうが、
ブログやメルマガは閉じてしまえばそれでおしまいです。
なんとなくわかった気持ちにはなるでしょうが、
行動にはなかなか結びつかないものです。
だから、本という形にすることにしました。

私が衆議院議員時代の平成七年一月一日から現在までに書き溜めてきた
ブログのなかから若い方々へのメッセージを抜きだしてあります。
本にすると、体温が伝わるはずです。
本にすると、重さが伝わるはずです。

言葉には、実は手触りがあります。
ブログやメルマガでは感じられなかった温もりや重さ、
手触りなどを感じていただければ幸いです。
さあ、どこから読み始めても結構です。
自分の血や肉になるまで、
ボロボロに擦り切れるまでこの本を読んでいただければ幸いです。

平成二五年一二月吉日

早川　忠孝

目次

装丁 深浦一将（bandicoot）

一時間目

人生から学ぶ

「がんばってください」と書かれた一枚の紙

私の財布のなかに一枚の紙が入っている。
駅頭に立っている頃に頂戴したものだ。

毎朝駅頭で朝の挨拶を続けていると、いつしか顔見知りになる人が増える。
尼さんとおぼしき方は、私を見かけると手をあわせて行かれたものだ。
その女性からは、いろいろなお守りを頂戴した。
高野山で特別にご祈願して頂いたお守りです、などと言われていた。
夏の暑い盛りに背広を着て挨拶を続けていた頃は、
わざわざジャケットの上着をくださった方もおられた。
選挙の本番が間近な頃に、駅に行く途中で
新聞紙に包んだ黄金色のお地蔵様を渡してくださった方もおられた。
多くの方からさまざまな励ましを頂戴した。
いまは、どこかへいったり、お返しをしたりして手元にはないが、

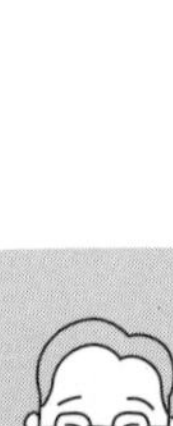

感謝の気持ちはいまでも忘れない。
尋常な生活ではなかったが、実に充実した毎日だった。

いま、手元にあるのは、ただ一枚の紙切れである。
たどたどしい文字で、がんばってください、と書いてある。

たしか、ふたり連れの方だったと思う。
障害を抱えている方が、私に「がんばってください」と
励ましの声をかけてくれたのだ。

おそらく、「がんばってください」と書くのが、
おふたりの精一杯の励ましだったのだと思う。
がんばってください、という声は聞こえなかったが、
いまでも私にがんばってください、と声をかけてくださっているように感じる。

この一枚の紙切れだけは、いまでも私の財布のなかにある。

2010-10-04 09:54 公開

私の成長戦略

自分がいま、どこあたりにいるかを確認する。
そのうえで、自分の目標をどのあたりに置くかを決める。
目標を決めたら、いつまでにその目標を達成するか大まかなスケジュールを決める。

目標達成までのスケジュールの立てかたは、
あまり欲張らない、無理をしない、ということだ。
自分のもっている力の七割ぐらいでこなせる程度のスケジュールにする。
いつも一〇〇%の力を発揮しようとすると
途中で螺子《ねじ》が飛んだり、油が切れたり、金属疲労でダウン……
などということもあるので、かならず多少の遊びを見ておく。

大体はおなじリズムで歩む。
一日一万五〇〇〇歩と決めれば一万五〇〇〇歩、二万歩と決めれば二万歩を歩く。

歩む方向を過《あやま》たないために、当面の目標、近い将来の目標、
そしてその先にある遠い目標の三つの道標を意識する。
目標に向かって歩みを続けていることを確認するために、
いくつもの小目標を掲げる。
一つひとつの小目標の達成を確認しながら、さらに歩みを続ける。

果てしもないような道のりだが、こういう工夫を重ねることで、
毎日を充実させながら着実に前へ進む。

これが、私自身の成長戦略である。

幸い私はまだ歩み続けることができる。
去年は富士山に登った。
滑膜手術三回、両膝関節置換手術を経験している関節リウマチ患者にとっては、
たいへんな快挙だと思うが、いかがか。

2013-08-01 14:36 公開

なにかを捨てなければならない

迷ったときにどうすべきか。

捨てることですね。
あれもこれもと思うから、結果的になにも仕上がらない。
一二〇の力があっても、これを分散したら仕上がるものも仕上がらなくなる。
一二〇の力をひとつのことに集中すべし。

二〇年以上前のことでした。
弁護士会の仕事を引き受けるかどうか、私の事務所内で大議論になりました。

「業務に専念して欲しい。
弁護士会の仕事はほどほどにして、業務の拡大に力を尽くして欲しい」
そういう声があがったのです。

2009-04-18 05:40 公開

私が創設した法律事務所ですが、所属の弁護士の数が増えると
自分の思いどおりにはいきません。
ビジネス弁護士に徹するか、
それとも弁護士会の会務をとるかの選択に迫られました。

もともと私は、
「一〇〇人の事務所を創りたい。
近代的な総合法律事務所を創りたい」
そんな大風呂敷を広げておりました。

そういう夢を語る一方で、弁護士会の会務もしっかりやらせていただきたい。
そうも念願しておりました。

このときが私の人生の大きな別れ道だったと思います。
結局、私は事務所のパートナーや若い弁護士の声を押しきって、
東京弁護士会法友全期会の代表幹事選挙に立候補しました。

選んだのです。

自分の思いを愚直に貫こう。

自分にとってより価値があるように思えることを、とことん追究しよう。


その結果が今日の私です。

衆議院選挙に立候補することになったのは、その後日弁連の司法制度調査会で、自然災害に対する国民的保障制度小委員会の副委員長や委員長を務めたことがきっかけだと思います。

あのとき、個人的な弁護士業務拡大の道を選んでいれば、弁護士会の役員に推されることはなかった。

まして国政選挙にチャレンジするような機会が巡ってくるはずもなかった。

そう確信しています。

その一方で、一時期所属弁護士の数が十一人になっていた私の法律事務所は、やがてふたつにわかれ、その後、若手弁護士が順次独立して、ついに霧消するにいたりました。

選ぶということは、なにかを捨てること。

なにかを捨てなければ、次の展望を拓くことはできない。

ああ、小賢しい

昨日、関東一円で春嵐が吹き荒れた。

嵐の際に傘などは無用の長物。カッパででかける。
そもそも嵐のときには外出しない。
どうせ壊れる傘ならささないでずぶ濡れになることを覚悟する。車で行く……。
いろいろな答えがありそうです。

私は傘をささないを選びました。

いったん外出したからには家に戻ることは嫌だ。
いまさら車に乗るのも面倒だ。
嵐だからといって駅頭をサボったのでは、花も嵐も踏み越えて政治の世界に
チャレンジした自分の志が中途半端であったことを示すようなものだ。

2009-03-15 05:50 公開

幸い雨は小降りでした。

こういう強風の日、嵐の日だからこそ駅頭を欠かさない。


大雪の日、日曜、祭日、夜遅くなど、駅を通る人がオッと驚くようなときに駅頭活動を続けていることが実は大事なのです。

これが唯一の私の企業秘密です。

どなたでもこのことを愚直に実行していれば、必ず成功します。


私の場合は、相手も同じようなことをしていたので八年かかりましたが、相手がロートルだったり、利権政治家だったら間違いなくはやく結果がでます。

なぜそんな大事な企業秘密を公開するのか?


わかっていても、実行できないからです。

一週間はできます。

私の友人は一か月やったが、バカらしくてやめてしまった。

その後は駅に立っていないと言っておりました。

ひとつのことをやり遂げることは、本当に難しいことです。
愚直でなければならない。
愚直を貫けば、かならず結果がでる。
それが私の結論です。

それにしても、いまの世界はあまりにも小賢しい人が多いですね。
大局を見れば打つ手はひとつしかないことがわかるはずなのに、
局所に拘《こだわ》りはじめている。
護ってはいけないものを護ろうとしている。
困ったことです。

その石はすでに死んでいる。

一月一八日

歴史的転換点に何度か立ち会ってきた。

二〇〇九年一月一八日は、自民党と民主党の党大会がそれぞれ開催された。
ひょっとしたらこれが歴史の転換点かもしれない。
どちらの党も今年を政治決戦の年と訴えた。

土壇場で底力を発揮する可能性を示した自民党と、相変わらず曖昧戦略で
局地戦の勝利を目指す民主党の本当の姿がはっきり見えてきた。

一月一八日。私には忘れることができない日である。

しかし、私にとって忘れることができないはずのこの日のことが
脳裏から消えていた。

2009-01-19 05:54 公開

四〇年前の一月一八日に東大安田講堂の攻防戦があった。

機動隊が大学の構内に入り、全共闘が占拠していた安田講堂を開放し、多くの学生が検挙された日である。

ホースが何本も安田講堂に向けて激しい放水を繰り返していた。

東大法学部の四年生だった私は、いわゆる良識派の学生として、大学の正常化を訴える陣営に属していた。

自分の存在を曖昧にすることは卑怯だと思い、あえて大学の正常化を訴え、法学部のストライキ解除決議を主導し、さらに全共闘と民青のあいだに立って、捕虜の交換や話し合いを仲介し、七学部団交をリードする役目を担った学生グループに所属した。

東大の図書館の前で、全共闘のデモ隊がゲバ棒をもって襲いかかったときは、その前面に立って図書館封鎖や研究室の封鎖に抵抗したこともある。

学生のあいだには全共闘のシンパが多かった。
そういうなかで、自分の一生涯を賭けてできることでなければすべきではない。
社会で通用しないようなこうした破壊活動はすべきではない、そう訴えてきた。

大学解体を叫ぶ声には若者を誘う魅力があった。
既成の秩序を壊して新しいものを創りたい、
そういう破壊のエネルギーが充満していた。
しかし、そういう圧倒的な流れに抗しながら、自分自身の立ち位置を決め、
体制のなかでの改革を進める。
苦しい状況のなかでの私の決断はそこにあった。
別に全共闘の学生を説得できるだけの理論や展望を
私がもちあわせていたわけではない。
ただ、彼らの破壊活動で大学が壊れ、さらに多くの若者が軽率な行動に走って
道を誤るのを見ていられなかっただけである。

当時、経済学部の代表として七学部団交の議長団に選ばれたのが
町村信孝前官房長官であり、
また法学部の代表を務めたのが成田憲彦駿河台大学学長だ。
環境省の事務次官を務めた後に、参議院議員になった中川雅治議員や
東大法学部の教授だった知的財産権法の権威中山信弘氏なども当時の同志である。

一月一八日。

私自身の歩みを振り返るうえでも、
さらに私自身のこれから歩むべき道筋を決めるためにも
忘れてはならない大事な日である。

（文中の肩書きは公開当時のものです）

弁護士の生活

「早起きは三文の得」と言うが、朝早く起きるとやたらと一日が長い。
かつて弁護士としてバリバリ仕事をしていたときでも、
こんなに一日が長いのかと思ったことはない。

弁護士の生活は「裁判所時間」にあわせてある。

裁判所の法廷がはじまるのが一〇時なので、
一日のスタートは大体一〇時を目標に設定している。

深夜まで仕事をする。
弁護士会の会合に参加し、その後の飲み会にも出席した後、
事務所に戻り仕事をする。
これがあたりまえだった。

2008-08-10 08:51 公開

ときには、飲み会が終わって事務所に戻った後、仕事を済ませて、二次会に参加する。
二次会の後、さらに三次会へ……

弁護士会の選挙やさまざまな司法の課題をめぐって議論が白熱し、
ときには徹夜に近くなる。
もちろん、ゴルフなどの遊びもはいる。

よくあんな無茶な生活を続けたものだと思う。

家に帰れば、子どもたちが学校に行く時間になる。
子どもたちのメッセージ帳に目を通し、ほんの数行のコメントを書いて、
風呂にはいり、タバコの匂いが染みついた身体を洗い流し、布団にもぐりこむ。
二、三時間の睡眠をとって、すっかりリフレッシュしたところで事務所に出向く。

仕事も、弁護士会の会務も、依頼者とのつきあいも万事こんな調子だった。

私の事務所にはいった若い弁護士は、人の三倍もはやく一人前になる。
それが定評であり、私のひそかな自慢だった。
まさにバリバリバリ、と音を立てるような勢いで駆け抜けてきた。
一日があっというまに過ぎてしまう。

私の盟友にウォーキング・ディクショナリーならぬ
スピーキング・ディクショナリーとの偉称で呼ばれた弁護士がいたが、
私が頂戴したのはコンピューターつきブルドーザー。

こんなにも一日が長い、ということに気がついたのは最近のことである。
朝の九時になっても法律事務所に誰も出勤していないなどということが、
いまは信じられない。

いまは、九時までには、三つか四つくらいの仕事を終えてしまっている感じである。
今朝は、五時頃に起きてパソコンを開き、ブログに寄せられたコメントを確認し、
朝刊五紙に目を通し、六時過ぎに家を出て、青葉台公園のラジオ体操会場に赴き、

六時五〇分には朝霞台の駅で朝の「おはようございます」の挨拶をしてきた。

朝早く起きれば、一日を何倍にも使える。

弁護士の生活から、政治家の生活に切り替えてよかったなあ。
最近、そう思うようになってきた。
これでは、とても飲み歩くことなどできない。
ということで、生活転換の大きなチャンスを与えてくださったみなさんに、
心から感謝している。

みなさん、本当にありがとうございます。

戦争ですよ。戦争を体験したからですよ。

若い人たちに、どうしても読んでおいて貰いたい一冊を発見した。

悲しい統計によれば、敗戦の日から十一月十八日までに、東京では、上野、四谷、愛宕《あたご》の三警察署の管内で百五十人余の餓死者を収容した。また、同時期の、神戸、京都、大阪、名古屋、横浜の五都市では、七百三十三人の餓死者が出たという。もうひとつ統計をあげれば、敗戦の日から十月までに失業者は四百四十八万人（男女の合計）であったという。そこへ内地復員者七百六十一万人（軍人と軍属）、在外引揚者百五十万人が加わり、総計一千三百五十九万人が住居と職場と食いものを求めてさまよっていたのである。

昨日、新神戸の駅で買った半藤一利『日本国憲法の二〇〇日』（文春文庫）の一節である。

2008-04-21 13:16 公開

リンゴはなんにもいわないけれど。リンゴの気持ちはよくわかる……

歌った並木路子は、松竹少女歌劇団の新人である。三月十日夜の空襲で、みずからも火に追われて隅田川に飛び込む羽目となり、危うく溺れるところを救助されたのであるという。一緒に川に飛び込んだ母は遺体となって浮かんだ。父も南方で殉職死、次兄は千島列島で戦死。

「並木君、君に明るく歌えというのはつらいのだが……」と作曲家の万城目正がいったとか。

そう、半藤は書いている。

そういう時代に、私は長崎県の佐世保市で生まれたのである。

そのことを私は、これまでずっと封印してきた。

なんで、早川君は政治家なんかになったの。

恩師の先日の問いかけ【33ページ参照】が段々重くなって私に迫ってくる。

私が政治家になったのは、戦争ですよ。
戦争の体験が、私の原体験になり、その後の私の生き様を決定づけてきたんですよ。
いま、そのことに気がついた。

私の父親は、戦争の時代のことを語らなかった。
戦争の深い傷跡を抱えていたようだ。
私は、小学校の二年生の二学期まで佐世保市の保立小学校に通ったが、
住まいは八幡神社の側を流れる疎水の川べりのバラックのひとつだった。
戦争や戦災で家族や家を失った戦争孤児が、まわりには大勢いたのである。
だから私は、政治家になった。
新たな戦争の被害者をださないために、私は昔から、
政治に携わることを自分に与えられた使命のように感じてきた。
少々くどくなってしまったが、後日のためにこれだけは書き残しておきたい。

引用部出典：半藤一利『日本国憲法の二〇〇日』文春文庫 二〇〇八年

いま、なにをしているか、これからなにを成し遂げようとしているかを問いたい

これまでどんなことをやってきたか、そしてどれだけの業績をあげてきたかは、基本的にあまり問わないことにしている。
もちろん、私自身のことである。

いま、なにをしているか。
そして、これからなにを成し遂げようとしているか。
そのことをこれからも問い続けたいと思っている。

いま、私の脳裡にあるのは、内藤君が取り組んでいる山元町ワイナリー構想をどこまで大きく膨らませることができるかということだ。

2013-08-14 12:38 公開

内藤構想を山元町新総合開発計画のなかに位置づけることができれば、
あっというまに内藤君の夢が公的な色彩を帯びてくる。
山元町が動けば、やがては宮城県も動かすことができる。
もうすでに、誰かが具体的なプランを描いているはずだ。

宮城県の沿岸部に沿って津波に強い自然公園を整備し、
大規模なサイクリングロード等を開設する、山元町の内陸部はいちごライン、
沿岸部はグレイプラインなどと色分けし、それぞれの場所で就農支援事業を
展開するということにでもなれば、都市周辺の若者を農業に誘うことも可能になる。
そういうプランを一日もはやく具体化することだ。
内藤君には、そのための尖兵になっていただきたいと心から願っている。

さて、そういうことを前提にして、いま私が考えているのは、
二か月に一度くらいの割合で都会の若者を山元町に送って、
山元町で農業体験ができるようにならないかということである。
山元町のワイナリー創生事業に都会の若者が関われるような仕組みが作れれば、

これ自体が若者の就職支援、就農支援になる。

こんなことがあったらいいな、できたらいいなという程度のことだが、
これまで私はひとりの夢が他人を動かしていくことを何度も見てきた。
内藤君の夢が、段々と私自身の夢になってきた。

ひょっとしたらSoLaBoの工藤さんのフューチャーセッション、
就職先が見つけられないままに毎年一〇〇〇人以上の学生が将来に絶望し、
自殺しているという状況を克服していくための
若い人のための新しい就業支援活動「ＪＯＢ欲」にも繋がるかもしれない。
そんなことを考えている。

知恵のある人は、いまこそ知恵をだしたらいい。
私は夢を語るだけだが、知恵のある人はその夢をどうやって実現するかの
具体的なプランを用意してくれるものだ。
いい提案だったら、かならず賛同が得られるはずだ。

かつて若者は政治に無限のあこがれをもっていた

早川君はなんで政治家なんかになったの。

二〇〇八年四月一九日。ニューオータニの会員制クラブの会議室を借り切って開催された西高一六期同期会での恩師の一言である。御年八四歳になられた平山良吉先生は、西高の英語の教師だった。

「いやだ、いやだ。いやだ」

教室に入って開口一番そう言われた。

頭をふりふりしながら、ぼやくように授業を進めるが、生徒の心を虜にするような見事な言葉が次々に平山先生の口から発せられた。当時、売れっ子作家の梶山某という俗文小説家が平山先生の友人のひとりだったようで、ひょっとしたら平山先生も文筆家のひとりだったのかもしれない。

2008-04-20 05:23 公開

低俗で、文章の粗が目立つ英語の翻訳を見るのが堪えられない、という風情であった。
私は一年のときに授業を受けただけだが、生徒の脳裏に焼けつくような強烈な印象を残す名物教師だった。そんな名物教師が当時の西高には多かった。

その平山先生が、私になぜ高い収入を得られる弁護士を辞めて、俗悪な政治の世界に入り込んでしまったのか、そういう質問である。

弁護士が皆高い収入を得られるわけではないということや、政治の世界がけっして俗悪でもなく、政治家もけっして低俗な種族ではないことを十分承知していながら、あえてそんな質問をされるところが、ちょっと斜に構えながら世間を観察されている先生の特徴だ。

さて、この問いにどう答えればいいだろうか。

（その答えは、これからの私の歩みそのもので示すほかない。
政治家なんかにという問いが、
日本の政治家に対する現在の国民の率直な評価だろう。
政治家なんかにという問いが、少なくとも、
政治家にという問いになるように努力して参りたい）

早川君、成績良かったよね。
ええ。ほどほどでした。

そう答えたが、たしかに英語の試験では、
先生の記憶に残るような成績をあげたこともある。
私たちが卒業したのが昭和三九年だから実に四四年の歳月が流れているが、
当時の生徒のことをいまでも覚えておられるというのはすごい。
私が卒業した都立西高は、そんな名物教師を輩出したすばらしい学校だった。
世界史の菅野哲治先生、化学の仲下雄久先生、生物の柴山文雄先生も出席された。
皆西高での在籍歴が二〇年以上になる先生方だ。

代表幹事を務めてくれた小野和彦君が、
「いよいよ後期高齢者保険制度がスタートしたが、
今日出席いただいた恩師の先生方は、『高貴』高齢者の先生方です」
そう挨拶してくれた。

同期生は一〇一名参加した。
みんな母校を愛し、互いを慈しみあっている大事な仲間である。
こういう学校で学べたことがありがたい。

こういう学舎を全国に残すことが私の願いである。

選挙

これまで五回の国政選挙を戦った。
「国政選挙に挑戦」とかっこよく書こうかと思ったが、やっぱり「戦い」が相応しい。

選挙はいつも血みどろの戦いである。
きれいごとなど通用しない世界だ。
とめどもない金と労力を費やし、あらゆる人脈、地縁、血縁を動員しての
いつ果てるともしれない戦い。
それが現実の選挙である。

選挙に慣れ親しんだ人々は、戦いが激しければ激しいほど燃える。
選挙に勝利するために、あらゆる手段を駆使する。

しかし、はじめて選挙を経験する者にとっては驚くことばかり。

2008-04-21 10:24 公開

こんなことなら手をあげなければよかった、そう思う瞬間があるはずだ。
とくに選挙に駆りだされるご家族やご親族のご心労は、いかばかりか。

こんな激しい逆風のなかで必死に戦っている
自民党公認の候補者に心からエールを送りたい。
あなたが名乗りをあげてくれなければ、
誰かがあなたの代わりにこの苦しい戦いを引き受けざるを得なかった。
この困難な時期に手をあげてくれたあなたは、平成の志士のひとりだ。
ありがとう。

そう遠くから声をかけたい。

選挙にかける金やエネルギーのほんのわずかでよいから、
本来の政治家の仕事にかければこの国はよくなるのだが、
現実にはほとんどの政治家にはできない相談である。
とめどもない消耗戦を繰り返しているのが現実である。

私の場合は、国政選挙挑戦四度目でようやく国政での活動の場を獲得し、初志を貫徹できたから辛うじて人生のバランス、帳尻があうようになったが、大抵の人にとって選挙に出てバランスをとることは難しいのではないか。

さまざまな職業のなかで、政治家という職業ほど生産性の乏しいものはない。つくづくそう思う。どんなに努力し、さらにはどんなに労力やお金を注ぎ込んでも、その見返りはまったくない。

営々と積みあげてきた努力が、恒久的減税や「神の国」発言で一瞬に崩壊する現場にも何度か遭遇してきた。そんな政治の世界に、なんで早川君は飛び込んだのか。

敬愛する恩師が私にそう問いかけるのは、それだけ恩師が政治の実相をよくご存知だということだろう。

私のことをよく知っている仲間は、
それが私の少年時代からの夢であることを知っている。
政治家になる。
それが、少年の心に大きな夢と希望をもたらす時代がかつてあったのだ。
選挙区に地盤、看板、カバンがない私が、
現にこうして衆議院議員として縦横無尽に活躍する場を与えられている。
これこそが、私たちが長年求めてきた民主主義の姿ではなかったか。

少年時代から培ってきた志を実現するために、いまこうして政治の世界にいる。
政治に対する憧れが、こうして私を政治の世界に導いてきた。

それが、恩師の問いに対する私の答えである。

迷ったら振りだしに戻ればいい

なんでも足踏みすることがある。
どっちの方向に行ったらいいのだろうかと迷うことがある。

なんでもサッサと結論をだして、とにかく歩みはじめるのが私の流儀であるが、
それでも迷う。
これでいいのかしら？
こっちの方向でいいのかしら？

こういう迷いが生じたときは、大体が間違った方向に歩みはじめているときである。
五感の働きが弱っているときには、
「なんか変だぞ」ということに気がつかないのだが、
「なんか変だ」という直感はあたっていることが多い。
どうも見かけない風景だなあと思ったら、そこで歩みをとめる。

2013-08-23 07:49 公開

それ以上歩を進めてもいいことはない。
行きあたりばったりを楽しむゆとりがあるときはそれでも十分楽しめるのだが、
なにか目標を定めて歩きはじめたのなら、
「なんか変だな」と思ったら潔《いさぎよ》く道を戻るのがいい。

何度でも振りだしに戻ることだ。
振りだしに戻って、目標と目標到達までのルートを再確認することである。
時間はかかるが、いつかはゴールに到達することができる。

さて、現在はどうか。
まあ、歩む方向は間違っていないようだ。
歩むペースは多少落ちてはいるが、それでも着実に目標に向かって歩んでいる。
目標に向かっているかどうかをどうやって確認するか。
あたりを一望できる場所にでるか、空を見上げることである。

実に素晴らしい満月を確認した。

富山市八尾町に来て、風の盆の前夜祭を楽しんでいる。
第三七回自治省給与課ＯＢ有志の集いに参加している。
私が大学を卒業して自治省に入り、最初に赴任したのが富山県庁だった。

それでいい。

大きな丸をもらったような気がした。

全国から集まった素晴らしい人たちといまでも楽しい時間を過ごせるのだから、
いままでの私の歩みが間違っていたはずがない。

休み時間

酒を飲むと頭が悪くなる……

ある数学者がそう書いておられた。
酒を飲むと頭が悪くなるから、その方は一切アルコールを口にしないそうだ。

どの程度頭が悪くなるのか知らないが、たしかに酒を飲むと注意力が散漫になる。
私は普段は結構周到な方だが、お酒を飲んだ後はやはりいけない。
酒席を終えた後、地下鉄に乗って座席に座ってしまうと特にいけない。

一時間近くも座席に座っていると、どうしても睡魔に襲われる。
電車の揺れは、実に気持ちがいい。
目を瞑《つむ》ったら、あっというまだ。

気がついたら、自分の駅だ。
あわてて電車を降りる。

2013-09-19 09:51 公開

降りたはいいが、あれれ、忘れ物をしてしまった。

こういう失敗をするようになった。
大分酒に弱くなった証拠だ。
もっとも、昔から私にはそういうところがあるから、歳のせいではない。

社会人になりたての頃、酒席を終えて中央線に乗った。
ウトウトとして気がついたら自分の降りるべき駅を過ぎてしまっていた。
ハッと気がついて電車を降りた。
キョロキョロ見回したら、丁度電車が停車していた。
ああ、よかった、と思って電車に飛び乗った。

自分の降りるべき駅からさらに遠ざかってしまった。

キョロキョロあたりを見渡して、結局自分が乗ってきた電車に
また飛び乗った、ということである。

たしかに、酒を飲むと頭が悪くなる。
気持ちは愉快になるが、思いがけないところで損をする。
結局、そのときは高尾で東京行きの始発電車を待つことになった。
ほろ苦い青春のひとコマである。

頭は悪くなるかもしれないが、酒を飲むといろいろな経験をするからおもしろい。
まあ、たまにはこんな失敗もいいでしょう。

二時間目

この国のかたち

私たちはみんな、裏方

学校は夏休み。盆踊りの会場に大勢の子どもさんの姿が見えました。
夏休みの初日に親子連れで地元の祭りに行って、祭りの雰囲気を楽しむ。
いいことですね。

実は、この夏祭り、どこに行っても、ボランティアのお年寄りがおられるから
辛うじて成り立っていることがわかります。
役員のみなさんがどんなに苦労されているか。

多くの人は、いつもお客さんです。
楽しいことだけ参加している人にはわからないような苦労をしておられる
裏方の人がたくさんおられる、ということも知ったうえで
祭に参加していただくといいですね。

日本の地域社会は、お年寄りの献身で成り立っている。
受付に座っている人、会計さん、放送席でマイクを握る人、
招待者の接待や飲み物やおつまみを用意する接待係、
さらには交通整理を担当する人など。
こうした役回りを引き受けていただいている方が、
馬鹿らしいと思ったら、祭りはなくなる。

私たちは、街のにぎわいをもたらしてくれている祭りの灯を絶やすことがないよう、
お年寄りの方が、「ああ、馬鹿らしい」と思ってしまうような
世のなかにならないよう努力していかなければならない。

マスコミが祭りごとを担っている人々に対してその仕事ぶりを正しく評価せず、侮蔑、軽蔑、悪口雑言、罵声ばかり浴びせかけていると、いつか、「ああ、馬鹿らしい」と祭りの開催をやめたということになるかもしれない。

私もそろそろ世間でいうお年寄りの世代である。

2009-07-19 05:56 公開

自由で開かれた社会に

松江市教育委員会がはだしのゲンを閉架措置として小中学校生には貸し出さない
という決定をしたというニュースを読んで、
「あらら、まあなんということをするんだろう」との感想をもったが、
松江市教育委員会は原爆被害の絵に過剰反応したわけではないという意見もある。

はだしのゲンには旧日本軍がアジアの人々の首を切ったり
女性に対して乱暴している画が掲載されており、
これが小中学生には過激だから見せない方がいい、
という校長会での一校長の発言を踏まえての教育的配慮によるものだそうだ。

史実が不明なものを書いているから小中学生には見せるべきではない
ということだったら言論出版の自由、表現の自由に直ちに抵触する問題になるから、
松江市教育委員会の措置は過剰反応でよくないと言えるが、

2013-08-17 18:04 公開

掲載されている画が教育上よろしくないという理由だとすると
もう少し丁寧に立論する必要がある。

私は、はだしのゲンは漫画とはいえ、
いずれは世界的な文化遺産になるだけの価値をもったものだと思っている。

原爆の悲惨さをあれほど率直に、かつ迫真力をもって描いた恐ろしい画はない。
画そのものが実におぞましく、正直のところ何度も見たくはない。
しかし、見ないではいられない。

旧日本軍がアジアの人々に対しておこなったとされる
残虐な行為が描写されているからといって、
小中学生に一切はだしのゲンを見させないようにするのが正しいのかと
問われれば、やはりそうではないだろうと言わざるを得ない。

本当のことからあえて目を背けさせることはよくない。

たとえ小中学校生であっても、はだしのゲンはしっかりと読むべき本である。

はだしのゲンを読ませたくない人たちの真意は別のところにあるようだ。

はだしのゲンを読ませれば、
検証されていない旧日本軍の残虐行為を歴史的事実のように思わせてしまう。
誤った歴史認識を子どもたちに植えつけることになってしまうから、
そういう有害図書はおよそ小中学生の目に触れさせないようにすべきだ。

大体がそういう主張だろう。
これに答えるのは難しい。

旧日本軍の残虐行為の存在そのものを否定したいという人が多いことは
承知している。

しかし、旧日本軍の行為のすべてを検証する方法はないから、
私たちがいくら口角泡を飛ばして議論したからと言って
そうそう簡単に結論がだせるような問題ではない。

だから、私は、その種の議論には深入りしないで結論をだすことにしている。

言論の自由、表現の自由を制限するようなうしろ向きなことは
できるだけしないようにしましょうや。
異論があれば、その異論を自由に述べることができるようにしましょうや。
できるだけ開かれた社会にしましょうや。

乞食《こつじき》ではなく乞力《こつりき》

こつじき、と読みます。

毎日の駅頭で、一般の方がどんなことを感じておられるかを肌で感じております。

駅頭に立っていてなにがどうなるわけでもない。
選挙の結果を左右するわけでもない。
ときには、罵声を浴びるだけに終わることもある。
ときには自分のことではなく、他人のことでも全部自分に降りかかってくる。
逃げることは許されない。

これは、行《ぎょう》です。
実に虚しい行です。

2009-07-02 09:12 公開

ああ、これが修行中の僧がおこなうとかいう乞食の行だな。

こじき、ではなく、こつじき。

そう思いました。


なんのために修行僧は乞食の行をするのかと考えました。


その日の食を得るという目的ではなく、あくまで、人から施しを受けるための行としておこなっている。

そこに意味がある。

私はそう理解しました。


人の成長に関わるから、行として成り立つ。

そういうことでしょう。

毎日の駅頭は、政治家の成長に役に立てば、行となり、単なる一時のパフォーマンスにとどまれば人の愚かさをさらけだすだけのものに終わる。

そういうことです。

今朝は雨です。

目の前で傘を閉じ、私の前を黙然と通り過ぎる人々の姿が、
いかにも恐ろしく感じられる瞬間がありました。
あの傘が、一斉に政治家に対する非難の刃となって向かってくる。
じろっと私の方に視線を投げかけ、にこりともせず通り過ぎる。
おはようございます、の挨拶にも無反応。

こういう人が圧倒的に多い。
無言の非難、無言の批判がこめられているように感じました。

日本経済の再生力への懸念も紙面に躍っております。
いまの日本にとって必要なのは、この圧倒的な閉塞感、失望感を打破し、
目前の危機を突破する突破力ではないか。
そう思えてきました。

そこで、私の新たな気づきです。

私の駅頭は、乞食《こつじき》ではなく、乞力《こつりき》。
みなさんから危機を突破するための力を頂くための行が、毎朝の駅頭です。
厳しかった人々の表情が、たしかにやわらいできました。
八時を過ぎたあたりから、わざわざ帽子を取って挨拶をしたり、
頑張ってくださいと声をかけてくださる方、
会釈を返してくださる方が増えてきました。
これでやっと力を取り戻しました。

ほんの短い駅頭であっても、こんな風に風景が変わります。
駅頭は、乞食ではなく、乞力だということを、
政治を目指すすべての人々にお伝えしたいと思います。

なにも聞こえてこない

「天は、われらに試練を与えている。それには、勝つしかないのだ。
耐えよ。
闘え。
そして泣くな」
（中略）
「伏す者は、去れ。
嘆く者は死ね。
ひとりひとりが、自らの足で立つのだ」

北方謙三の水滸伝第一二巻の一節にある言葉です。
梁山泊の頭領である宋江がかけがいのない同僚を喪い、深い悲しみから
ようやく立ち直ったときに、残された同志に向けて語った言葉です。

時と場所が変わっていたら、私もこういう言葉を吐いてみたい。
そう思っております。

しかし、いまどこからもそういう言葉が聞こえてきません。
おかしいですね。
頭領が頭領らしい生き様を示していないから、みんな、語るべき言葉を失っている。

そう言わざるを得ません。

私は、是非とも魂を揺さぶるような声を聞きたい。
いま、そういう声を発する人がいたら、その人と一晩語り明かしたい。
そう思っております。
早くこの思いを理解してくれる人が現れることを冀《こいねが》っております。

引用部出典：北方謙三『水滸伝 一二――炳平の章』集英社 二〇〇四年

2009-03-27 14:10: 公開

誰でも良かった？

ＮＨＫ日曜討論で、秋葉原通り魔事件を取りあげている。

教育の現場で荒れる学校に向きあってきた河上亮一氏の話は深かった。

その他の出演者の話も、それぞれ納得させるものがあった。

そのなかで、とくに私の関心を強くひいた言葉があった。

それは、通り魔事件を起こした犯人の非社会性を指摘した言葉だ。


「自分には、関係ない」

世のなかの動きに関心を喪失した人々が等しく口にする言葉である。

「自分には、関係ない」

そういう思いが、人を孤立させる。

いわゆるひきこもりは、家族や地域社会との関係性を喪失した結果、起きる。

自分だけの世界に閉じこもっているうちに、
突然そんな自分の存在も否定したくなるのではないか。

2008-08-17 09:14 公開

それが私の独自の感想だ。
自己否定、自己破滅型の犯罪は、そんな土壌から発生するのではないか。
自己否定、自己破滅型だから、本当の計画犯罪ではない。
そして、自分には本来ない姿を、わざわざ見せたくなる。
ここが現代の特徴ではないか。

これが私の感想だ。
最後の自己顕示がそこにある。
不特定多数が集まる盛り場での突然の凶行。
反抗を予告する頻繁な書き込み。
不自然な大量な凶器の購入。
誰かが止めてくれればよかった、というのも嘘ではないだろう。
愚かな犯罪に手を染めようとする愚かな自分に気がつきながら、
惰性に流されるように犯罪に突き進む自分。

誰かが止めてくれればいい。
そう思いながら、どんどん凶行に突き進んでしまう自分。

正気と狂気のあいだを揺れ動きながら、結局重大な犯罪を起こしてしまう。
こういう不条理を、私たちは認識しておく必要があるのではないか。
事件を起こした人たちの反省の言葉を、私は額面どおりには受け取れない。
誰でも良かった？
おかしな話だ。

不特定多数の人が大勢集まるところで、不意打ちの凶行に及ぶ。
ターゲットは、極めて明白だった。
自分より弱い、不特定の人。

こういうことを理解したうえで、
私たちはこういう犯罪を防ぐことに全力を注いでいかなければならない。
私は、人と人との絆を取り戻すことが一番大切だと思っている。

子どもを粗末にする家庭。
子どもを適当にあしらう学校。
そして、社員を機械のようにしか見ない職場。
こういう社会を根本的につくり変えることが、私たちの大事な役割だと思っている。

二度と女性専用車両に乗りたくない理由

あくまでも私自身の個人的体験にもとづいて書いているので、
かならずしもいつもそうだというわけではない。
しかし、私自身の体験だから、その限りでは絶対である。

一応高齢者に分類される夫婦とその娘が幼い子どもの手を引いて
女性専用車両に乗り込んだときのあの冷たい空気が私には忘れられない。
お腹の大きな娘をジロッと見て目を瞑《つむ》ってしまう。
優先席に座っている女性も絶対に席を譲ろうとしない。
あれ、場違いなところに来てしまったと思ったものだ。
多分未婚の女性が多いのだろうが、みなさん大分お疲れのようだ。
職場に急ぐかたわら、寸暇を惜しんで電車のなかで休みを取ろうとしている。

たしか十か月ぐらいまえのことだった。

2013-08-08 06:17 公開

隣の志木駅始発の車両は空いていた。
しかし、座席はすべて埋まっており、座る場所はない。
結局、みんな立ち放し。どんなに混雑してきても、誰も声をかけない。
こんなところにいるのが悪いくらいな感覚なんだろう。

通勤ラッシュを避けるつもりで朝七時まえにでかけたのだが、
どうやら乗り込んだ車両と時間帯が悪かったようだ。
二〇代、三〇代、四〇代も私からすれば若い人。

お年寄りも若い人もあまり誉められたものではないということだ。
田舎の人はもっと優しいと聞く。
台湾でお年寄りが乗り込んできたら若い人が一斉に立ち上がった
などという話を聞いたら、実にうらやましくなった。

たぶん、一般化はできないことだろうが、
こういう個人的体験を書いておくことにもそれなりに意義があると思う。

事実は事実である。

日本人の徳目から他者への思いやり、弱い者へのいたわりという
大事なものがなくなってしまったかと思ってしまう。

うら若き女性が乳児を抱え、二歳児の手を引いて目のまえに立っているのに
誰ひとり座席をゆずろうとしない。
それほど疲れているのかと同情しないでもないが、まだ三〇代か四〇代の
サラリーマンが誰も動こうとしないのだからあきれてしまう。
優しくない若者ばかりである。

男性も女性も似たようなものだ。
これが大都会に生活する自分本位、自己中心、
独り善がりの我利我利《がりがり》亡者たちの生態である。
日本人はここまで貧しくなったかと思うような光景である。
これでは、とても若い人たちにこの国をまかせるわけにはいかない。

歴史・伝統・文化のうしろにあるもの

自民党和光支部・斎藤和康後援会合同の成田山初詣に参加した。
「なにがご利益と言って、今年もお参りできたということが一番のご利益ですよ」
とガイドさんが説明していたが、毎年成田山へお参りを続けてきて、
最近その意味がよくわかるようになった。

例年、事務方を引き受けて頂いていた高田さんが今年は不参加。
入院されているとのこと。早く健康を回復された元気なお姿を拝見したいが、
毎年お参りできたのは健康に恵まれた証拠でもある。
今年も成田山にお参りできてありがとうございます、
という気持ちが自然に湧いてくる。

2007-01-13 22:08 公開

初詣は、宗教行事ではあるが、地域社会の絆を深めるための歴史的背景と
立派な文化に裏打ちされた伝統行事であると思う。

若い世代の方にはなかなか馴染みがないと思うが、
江戸時代からさかんになったといわれる成田詣、いつまでも続いて欲しいと思う。

地域のコミュニティの絆を深める大事な行事として大切にしていきたい。

若い人が街に溢れているが……

池袋で見かけるのは、若い人ばかり。街がすっかり変わっている。
若い人たちで溢れかえっているような感じである。

これだけ若い人がいれば、街がにぎわうのは当然だ。
誰から言われたのでもなく、三々五々集まってきて
これだけのにぎわいになっている。目的は人それぞれ。

なにがこれだけ若い人たちを惹きつけるのだろうか。
どこかに魅力があるはずである。

若い人を惹きつける魅力があるから、若い人が集まる。
それにくらべて、日本の政治はどうだろうか。若い人にとって魅力がないから、
若い人が政治に参加をしようとしない。そういうことだろう。

2013-08-18 23:03 公開

これだけの人がいるが、このなかでどれだけの人が私のブログに目を通してくれるだろうか、ということを考えてみた。
ゼロである。

みなさん、それぞれに楽しそうな顔をしている。
友だちとのおしゃべりが特に楽しそうだ。

誰ひとりとして難しそうなことに興味をもっていないようだ。
およそ政治や経済、司法のことなどについて口角泡を飛ばして議論しそうな人はひとりもいない。

さて、一向に振り向いてくれそうにもないこの若い人たちを振り向かせるにはどうしたらいいだろうか。そのことをみなさんに考えていただきたい。

もう大阪の橋下徹氏では無理のようだ。
自民党の青年局長の小泉進次郎氏でもそろそろ無理かもしれない。

切磋琢磨とはこんなこと―法科大学院で講演をして―

昨日の早稲田大学法科大学院での講演は、
これからの法曹養成制度のあり方を考えるうえで絶好のチャンスだった。

やはり法科大学院に入学したての新院生は、
自分の進路についてまだ自信がもてないでいるということがよくわかった。
社会人から法科大学院に進学した院生は、相当はっきりした目標をもっているが、
それが現在の法科大学院のキャリキュラムで確実に達成されるか
不安を感じているようでもある、ということもわかった。

法科大学院の教授がそんな院生の心に火をつけようとして、
外部の講師を招聘して連続講義を企画していることの意義がよくわかった。
新年度の最初の外部講師に私が選ばれたということは、光栄なことだ。

2008-04-19 08:40 公開

食い入るような眼差しで真剣に私の話を聞いてくれた院生のみなさんに感謝したい。
一時間半以上にわたる講演と質疑だったが、あっというまに終わってしまった。
懇親会の席上で院生の感想のアンケートを頂戴したが、
その手まわしのよさにびっくりした。

どうやら院生が自ら企画し、法科大学院の教授陣がこれに協力する、
というスタイルのようだ。
これでいい。これでなければならない。そう私は思っている。

高等学校の一年生のときに数学の教師がこう語った。

生徒自ら学ぶべし。

私が卒業した都立西高は、都内有数の進学校だった。

理数系がとくに強かったのだろう。

別の数学の教師が黒板に問題を書いたはいいが、その解法がわからず教壇でフリーズしたときに、ひとりの生徒が手をあげてその答えを書いていく。

ひとつの問題に、あっというまに複数の解法を黒板に書き連ねる。

法科大学院の院生もそうあって欲しい。
法科大学院の教育が手取り足取りになったのでは、
本当にこれからの日本に必要な自立した人材を養成することなどできない。
院生自ら学ぶべし。

女性の院生が四割ほどだったが、
質疑の際に手をあげて質問や意見の開陳をした院生は、全員男性。
ちょっと残念だった。
最初に口火を切ることは難しいが、学び舎にいる者の務めは、
まずなんでもいいから人前で話をする訓練をすること。

学ぶことは、戦いでもある。
法科大学院で学ぶことを決断した人々は、
戦いの戦場に赴くことを決意した勇士である。
男も女も、この戦場に臨んだ以上なにも異なるところはない。

女性の奮起を期待する。

法曹資格はあらゆる職業に従事できる魔法のパスポートであるが、パスポートを取得することが自己目的化してはならないと思う。

司法試験合格者数の大幅増員の流れが昨年秋の鳩山邦夫法務大臣の発言でストップし、これに連動するかのように弁護士会等から
新人弁護士の就職難の大きな声があがりはじめ、法科大学院の法曹養成コースに冷水が浴びせかけられたような状況になってしまった。

遺憾なことである。
もっともイカン、イカンといくら言っても一旦法務大臣が口にだした以上、簡単には流れは変えられないが、私は法曹の進路はますます拡大する一方であり、これに本当に応えることができるような法曹を社会に送りだしていくためには、かつての一発試験で合格者を選ぶ司法試験制度に
逆戻りさせないようにしなければならないと思っている。

いずれにしても、法曹養成制度の新たな見直しが求められている大事な時期に院生のみなさんと直接話ができたことは、本当によかった。


法科大学院は、現代の松下村塾であり、あるいは、江戸時代に諸藩に置かれた藩校である。

そんな風に見えてきた。


法科大学院が担っているその歴史的な役割や院生のみなさんに託されている期待の大きさを十分自覚し、研鑽努力いただきたい。

そして、世界に通用するような本物の実力を蓄え、日本にとって世界にとって、さらには自らの家族にとって有為な人材に成長していただきたい。

法科大学院は、それができる切磋琢磨の場である。

日本は核武装すべきか否か

憲法の規定はさておいて、日本は核武装すべきであると主張する人がいる。
私が知っている国会議員のなかにもいるのだから、
国民のあいだにも一定の支持層があると言っていいだろう。

核武装推進論者は、広島や長崎に行って原爆資料館などの展示資料を見ても
おそらく特別の感懐を抱かないのだろう。
それとも、それはそれ、これはこれ、と割りきってしまえるのか。

私は長崎県の佐世保市で生まれているから、多分自分の原体験のなかに
ナガサキ、ヒロシマがあるのだと思う。
なにしろ佐世保も原爆投下の対象候補都市のひとつだったのだから、
原爆は昭和二〇年生まれの私にとって無関係ではない。

2013-07-29 05:38 公開

なんでそんなに簡単に核武装を口にすることができるのだろうと不思議に思う。
おそらく自分や自分の家族、友人が核の犠牲になるという事態が念頭になく、およそ想像できないからだろう。

「抑止力としての核」神話に取りつかれているのではなかろうか。
制御不能な核は、いずれ自分の身を滅ぼす存在に転化するということを考えておられないのだと思う。

私は、基本的に人間は愚かな存在でしばしば過ちを犯すと考えているから、万一過ちを犯してもその被害が最小に留まるようにするためにはどうしたらいいのかということを考えている。
政治の指導者、国家の指導者がいつも最善の選択をするわけではないということも自分の肌身を通して知っている。

そういう危うい環境に置かれている私たち国民が、
どうしたら平和で安全な生活を保てるか。

危うい指導者には変な武器をもたせないに限る。
私はそう思っている。

核武装推進論者は、ある種の理想論者かもしれない。
世のなかは自分の想定した範囲内でしか動かないと
信じておられるのかもしれない。
たしかに目のまえには、さまざまな危機がある。
この危機にどう備えていくかということは、つねに考えておかなければならない。
戦闘の経験がない者が日本の国防軍の指揮をとるなどという事態は
想定したくない。
核を知らない日本の政治指導者が核を振りまわすような事態も想定したくない。
それでも核武装を主張する人たちは、どこまでのことを考えているのだろうか。
みなさんの本音をお聞きしたいところだ。

無理をするから落とし穴にはまる

経済界の先頭を走ってきた人たちがやがて刑事事件の被疑者になり、
逮捕されるということの社会的影響の大きさを私たちは知らなければならない。
自分ひとりだけの問題ではないということだ。

今朝頂戴したメールで、ひとりの中学生の話が書かれてあった。
ホリエモンや木村氏が逮捕されたことで、
「金儲けばかり考えているとこんなことになっちゃうんだ。
お金は欲しいけど、逮捕されちゃうのは嫌だし、
これからどうしたらいいんだろう。アーアーア」
そんな風なことをひとりの中学生が口にしたそうだ。

木村氏の事件は、ひとりの中学生から夢を奪ってしまった。
経済界の第一線で活躍した著名人が犯罪者の烙印を押されるということは、

2010-07-16 13:03 公開

すなわち、経済界の第一線で活躍することへの若者の憧れを失わせることに繋がるのだ。

こんなことが続けば、若い人たちはどんどん萎縮していくはずだ。なにをするにも、おっかなびっくり。腰が引けてくるはずだ。

私は自由闊達な気風が充満する社会にしなければならないと思っている。発明や創意工夫が大事にされる社会を実現したい。

残念ながらホリエモンや木村氏は、途中まで成功したのに、大事なところで失敗してしまった。

自分の才覚に自信を持ち過ぎ、無理をしたからである。どこかで「これは無理かな」という瞬間があったろうに、おそらく引き返せなくなってしまったのだろう。天上天下唯我独尊の世界に耽溺《たんでき》した結果だと思う。

自分ひとりで無理かどうかを判断するのは、結構難しい。

勢いがあれば、無理を通してしまいがちだからである。
無理を無理だと言ってくれる人が、どうしても必要になる。
しかし、若い経営者は、自分に自信を持ち過ぎ、
人の言うことが素直に聞けなくなる。
皆、自分より一段格下だと思いがちだ。
自分とは別格の存在、自分よりも偉いと思う人が、
こういう人には絶対に必要である。

私は、彼らには、多分本物の顧問弁護士が欠けていたのだろうと思っている。

顧問弁護士は、経営者としては経営者本人よりも劣る。
顧問弁護士は、経営のプロである必要はない。
しかし、立ち止まる勇気と知恵の持ち主、でなければならない。

若い経済人がこうした陥穽《かんせい》に陥ってしまっているのが、
私には残念でたまらない。
みなさんがこれからの日本を背負っていかなければならないのだ。
けっして無理をしないように、本当の知恵者を頼って、
これからもいい仕事をしていただきたい。
お願いである。

日本の底力

やはりいつもの土曜日と変わらない。
相変わらず大勢の人が往来している。
ただ、先週よりもみんな着膨れしている。
いつもより厚手の装いをして外出する。
これで防寒は十分だ。

寒いときは、寒いなりの備えをする。当然のことだ。
しかし、それができるということは、
それだけ日本人には危機に備える底力があるという証拠ではないか。

たしかに厳しい世のなかである。
これから先ますます厳しくなるだろうが、
しかし、私たちは十分これに耐えることができる。

2009-01-17 09:17 公開

私にはそう思える。

一四年前の阪神淡路大地震のときがそうだった。
壊滅的な被害を受けたと言われていた神戸が、見事に復興を果たしている。
広島もそうだ。
七五年間草木も生えないだろうと言われた広島市が、
見事に原爆の被害から立ち直った。
実は、東京もそうだ。
昭和二〇年三月一〇日の東京大空襲で一〇万人以上が亡くなった。
空襲による焼夷弾爆撃で都内のあちこちで火災が発生し、
まさに都内は灰燼《かいじん》に帰した。
それでも、東京は今日の繁栄を享受している。

アジアやアフリカの国々では、何年経ってもほとんど変わらない都市が多いのに、
日本はどんな危機をも克服して、今日の繁栄を築いてきた。
日本の底力は、相当なものだ。

いま日本が、そして世界が直面している経済危機も必ず乗りこえることができる。
そう私は確信している。
どこからそんな力が湧きあがってくるのか。

家貧しくして、孝子出ず。
日本が貧しくなったときに、必ずその窮状を救う政治家や経済人が現れる。
信仰みたいなものだが、それなりの根拠はある。

日本人の教育水準は高い。識字率一〇〇%。
高等学校への進学率が九五%を超えるというのは驚異的だ。
電車に乗ると、座席に座っている人が全員、
新聞や本を読みふけっているという姿を見ることもある。
もちろん全員が携帯電話に見いっている、という場面も見たことがある。
これらの人たちが新しい技術の開発や新しいサービスの展開に一斉に乗りだせば、
それぞれの分野で日本は世界最高の水準にまで達することができるかもしれない。

すでに日本の金融市場は、大胆な改革を成し遂げている。

世界でもっとも信頼のできる株式市場は日本にあるということがわかれば、日本が世界の金融マーケットの中心になることもありうる。


日本人は基本的に争いを好まない国民性である。

国内に人種的、宗教的、言語的な激しい対立要因が少ない日本は、世界でももっとも安全な国であり、もっとも安心のできるインフラが整った国である。

国内に人種や宗教等の激しい対立要因を抱え、貧富の格差が激しいアメリカや、少数民族問題、内陸部と沿岸部との経済格差を抱えている中国、さらには厳しい民族問題、宗教問題を抱えているロシアよりも、日本のほうが国際社会の安定と平和に貢献できる要素をはるかに多くもっている。


言葉の壁は厳然として立ちはだかっているが、若い人たちはこれを乗り越えることができるはずだ。

私は若い世代のますますの飛躍と、これを支える日本の底力を信じている。

休み時間

早川さんは、ホントに笑っちゃうんだよ

私にとっての至福の時は、床屋さんにいるときです。

朝早くから動いていると、さすがに疲れを感じるときがあります。
そういうときに、床屋さんで調髪をする。
家では、ワン、ツー、スリーで心地よい眠りに入りますが、
床屋さんでも、最初の数分は他愛のない話をして、
いったん目を閉じたら、後は心地よい夢心地。

「うちの娘が、早川さん、ホントに笑っちゃうんだよと言っていたよ」
床屋さんが語りかけます。
うん？

2009-05-30 18:10 公開

「本当に笑う」
たしかに、私は笑うときは、心から笑うのでしょう。
それがあたりまえだと思っておりましたが、世のなかには、
なかなか心から笑える人が少ないということでしょうか。

愛想笑い。
笑っているようで、目の奥は笑っていない。
そういうことを感じる瞬間があるのでしょう。

早川さんは、ホントに笑っちゃうんだ。
若いお嬢さんには、こういうことが新鮮に感じられるんですね。

とてもいい話を聞いて、帰りました。
おかげで、心身ともにリフレッシュができました。
ありがとうございます。

三時間目

言葉は宝物

職業の道楽化

先日、埼玉新聞友の会西部地区の懇親会に出席した。
懇親会に先立って総会と記念講演会が開催されていたが、
ほんのすこしだけ講演を聴くことができた。
講師は、埼玉県副知事の橋本光男氏。
テーマは、「埼玉県の可能性」について。

講演はほとんど聴けなかったが、
ひとつだけ私の興味を引いた言葉が黒板に書いてあった。
本多静六氏の「人生の最大の幸福は、家庭の円満と職業の道楽化」
本多静六氏は埼玉県の菖蒲町出身の林学博士で、
日本の公園の父と称されている学者だそうだ。

「職業の道楽化」というのは、いい言葉だ。

2008-09-01 05:39 公開

どんな人物かと思って、インターネットで調べたら、これはすごい。
人の三倍から五倍働く。人生即努力、努力即幸福がそのモットーだったそうだ。

経済の自立なくして自己の確立はない。成功の秘訣は職業の道楽化にあり。
慢心を抑えつつ、好機は逃さない。つねにプラス思考を保て。

この見出しを見るだけで、本多静六の心意気が伝わってくる。

「幸福とは自分の望みがかなう状態をいう。
他人が決めるものではなく、自分自身が決めることである。
つねにプラス思考を保つように心がけていれば、
状況は上向きに変わっていくにちがいない。
上向きの状態が幸福であると言えるならば、幸福に上限はない。
そして、当然のことながら、
幸福は自分の努力・働きにより達成されるものでなくてはならない。
ゆえに、努力とは一生涯絶え間なく継続すべきものであり、同時に自身に幸福をもたらすものである」

これは、すごい。
私自身の信条をこれほど見事に表現していた先人がいたとは、
いままで知らなかった。

先日の法務大臣、副大臣、大臣政務官の打ち合わせで、
それぞれの職務分掌について話し合いがあった。
会議の冒頭、私が「人の三倍ぐらい仕事を貰わないと、
仕事をした気になりませんので、どんどん仕事を割りあててください」と
お願いしたのは、どうやら本多静六の信条と同じものを私がもっていた、
ということだったようだ。
先日、官邸から私の経歴や趣味についてどうホームページに載せるか照会があった。
「趣味は仕事、とでも書いておいてください」とお願いしておいたが、
さてどうなっただろうか。

神がひっぱってくれた

「運がよかった。私のそばには神と悪魔がいたが、
私をひっぱってくれたのは神だった」

二〇一〇年八月に起きたチリの鉱山落盤事故で、二番目に引きあげられた
マリオ・セプルベダさんの言葉である。
すごい表現だ。
私にはとてもでてこない、みごとな言葉である。

奇跡を成し遂げるには、人智を超えた何者かの存在が必要である。
宗教的背景のある人は、これを神と呼ぶのだろう。

神はたしかに存在する。

2010-10-14 08:35 公開

「やればできる」は、私たちの合言葉

為せば成る　為さねば成らぬ　何事も　成らぬは人の為さぬなりけり

上杉鷹山のこの言葉を座右の銘のようにして努力してきた。
身上書に自分の長所、短所を述べよとあるときは、
いずれも努力型と記したこともある。
それなりに努力してきたが、自分が天才的才能の持ち主ではないことを
実感していたため、短所も努力型と書いた。たいした努力をしてきたわけではない。
せいぜい一日に五〇ページ法律の基本書を読み進めようと決めたら、
そのペースを最後まで維持したという程度である。実に平凡なものだ。
しかし、毎日一日も欠かさないでできるかと言えば、容易なことではない。
その時々にさまざまな用事ができる。
サボる理由などごまんと見つけることができる。
今日くらい良いだろうという囁きの声が自分の心のなかに生まれてくる。

それらを跳ねのけて、最後まで自分が自分自身に課した課題に取り組んでいくことが肝腎である。
私の子どもをふくめ、これからの時代を担う若者には、ぜひ努力する習慣を身につけてもらいたい。

そういえば、君たちにふさわしい言葉があった。
「やればできる」は、僕たちの合言葉。
甲子園球児への熱いメッセージがこめられているいい言葉だ。
軒から滴り落ちる水滴がやがて軒先の石を穿つように、努力が道を拓く。
ついに私の体重がコンスタントに七五キロ台を記録するようになった。
努力は不可能を可能にする。
「やればできる」は、私自身への応援歌でもある。
ちなみに、私は一三五五日間、一日も欠かさず、駅頭での挨拶を続けた。
いまも、参議院選挙のお願いで、朝夕の駅頭を続けている。
おはようございます。いってらっしゃい。お帰りなさい。
こんばんは。お気をつけてお帰りください。おやすみなさい。

2007-07-17 22:13 公開

人を育てる方法ー一〇％だけ負荷を重くするー

人を壊すのは、簡単だ。どうやってもクリヤーできないような課題を与え、
できないことを散々に非難すれば、確実にその人の人格は崩壊に向かう。
その反面、人を育てることは、簡単ではない。
相手を理解し、その人にふさわしい目標を与え、
その目標達成に向けて自立的に努力する動機を付与しなければならない。

私は、相手の能力を向上させることが目的なら、まず相手の現在もっている
能力の一〇％うえの課題を与えることが重要だと考えている。
簡単に達成できる課題ばかりだと、あきらかに能力が退化してくる。
あまりにも課題が重すぎると、頭が真っ白になって、なにも手がつけられなくなる。
相手の力がどの程度かを見極めることが重要になる。
私の法律事務所では歴代、同期の弁護士のなかでも優秀だといわれる若手弁護士を
送りだしてきた。もともと素質に恵まれた人ばかりであるが、

それなりに私の指導方針がよかったのだろうと自負している。

私の方針は、最初は簡単な報告文書の作成、ついで依頼者との法律相談への同席と法律問題についての調査、準備書面等の専門的法律文書の作成、半年ほどたってからはじめて私同席での法廷での証人尋問、その後は本人の能力に応じて事件を配転し、以後は基本的に単独での仕事を原則とし、必要に応じて助言する、というスタイルでやってきた。

ほかの事務所より倍のスピードで若い弁護士の能力が伸びている、と言われたものである。

弁護士一〇〇人の近代的な総合法律事務所をつくり、あらゆる法律問題に迅速・適切に対処できる最強の法律事務所をつくりたいとの夢に生きた時代もあった。

いまは、国会議員としての仕事で手一杯で、そんな夢を追う暇がない。
若い弁護士の教育に当たる時間も、能力もなくなった。
これからは、せめて日本の将来を託するに足る、
若い政治家の発掘に夢をかけてみたい。

2007-07-13 17:55 公開

君はけっしてひとりではない

新聞やテレビを見ていると、腹が立つことばかり。
苫小牧の「ミートホープ」牛ミンチ肉偽装事件や朝鮮総連本部偽装売買事件など、
信じられないような事件が次々に発覚してきている。
社会保険庁の組織ぐるみのサボタージュや
緑資源機構の官製談合事件なども明るみに出てきた。
関西テレビの「あるある大事典」の捏造報道事件も、つい先日のことであった。
世のなか腐りきっている、と怒りがこみあげてくる。
徹底的な追及と、関係者の厳正な処罰を求めたい。
一連の犯罪に対して鉄槌を下さなければ、わが国には法も正義もないことになる。

しかし、どうも日本人は甘い。
たいした処分もされないまま、時間の経過と共に、
一般の国民はいまの怒りを忘れてしまうのだろう。

2007-06-26 08:24 公開

これで暴動を起こさないのだから、よっぽど日本人はお人好しか、民度が高いのだ。
政治に携わるものとして、評論家的な物言いはすべきでないと自戒しているが、
いまの日本は余りにもひどい。積年の膿が一気に噴出したかのようである。

スカッとした明るいニュースがないなかで、漠然とした国民の不満、
不信が政治家に向けられてきているような気がする。
なんとかしなければならないと思うが、
残念ながら未だに有効な解決策が提示できない。

ただ、ひとつだけ確信をもって言えることがある。
難問に逢着したときは、しばし、問題から離れることである。
問題をすっかり忘れさることである。

私自身これまで何度か困難な事態に直面したことがあったが、
幸いこれを凌いでくることができた。
基本的には運が良かった、ということであるが、気の置けない友人との麻雀、

下手なゴルフ、ゴルゴ13等の漫画本などに没頭することで、気分の転換だけでなく、意識の転換さらには自分の運命の転換をはかることができたのだと思う。


ひとりで悩んでいるだろう若者たちへの応援メッセージを書いてみたい。

多くの人が悩んでいるだろう。

リハビリでできることが、家ではできない。なぜか。

ひとりでは残念ながら、自分を甘やかしてしまうからだ。

（ここまでは、私自身のリハビリの経験のことである）


チームのいいところは、ひとりでは到底達成できないような成果をチームの力であげることができるからだ。

勉強もしかり。

ひとりで部屋に閉じ籠もり沈思黙考する時間も必要だが、
他人と共に学ぶことにより、より学習効果があがる。

（この部分は、ひとりで生活し、おそらく孤独な環境での勉強を余儀なくされている息子へのメッセージである）

いま、世のなかは集団化から個人化、共同化から孤立化への道を歩みはじめているが、私は誤っていると思う。

人はけっしてひとりでは生きていけない。

父親や母親の存在があってはじめて自分がある。

着る物も食べる物もすべて他人に依存している。

(この部分は、人は社会的存在であり、共生の自覚を持つことが重要という、私自身の気づきを独白している)

そんな簡単な事実を忘れ、独りよがりになった結果が、自己中心の社会を生み、自分だけよければいい、とか刹那的な享楽を追い求めることになるのだと思う。

君はけっしてひとりではない。

そのことを噛みしめて知っておくことだ。

(明らかに論理の飛躍があるが、わが息子を含め、一般の若者に対する応援のメッセージを書いておきたかった)

「それでいい」というひと言を待つ人もいる

私は羅針盤のつもりだが、単に壊れた時計か意味不明の伝言板のように
受け止める人もいる。
なにがなんだか一般の方にはおわかりにならないだろうが、
これが私の文章の特徴である。

求められたことにそれとなく答える。
そのために、その時点で私が大事だと思っていることを率直に文章に表現しておく。
どうこれを受けとめてもらってもいいように書いておく。
参考にするのもいいし、しないのもいい、そのぐらいのスタンスで書いておく。

人生の岐路にたたされた人は、結構悩むものである。
答えがわからないままに、なんらかの選択をせざるを得ない。
清水の舞台から飛び降りるような思いをすることもある。

最後まで決めかねてしまうこともある。
迷い始めると、一度決めたことにも迷いが生じてしまうものだ。

そういうときに、「それでいい」というひと言があるとそれで腹が決まることがある。
「それでいい」というひと言は結構重い。
それなりに修羅場をくぐっている人の言葉でないと、
人はそう簡単に他人の言葉を受けいれることはない。

親の言葉以上に重い。友人の言葉以上に重い。
わかる人にはわかる。わからない人には、いつまでたってもわからない。
そういうものである。

人生のヒントは、大体がそんなものだ。
そんなヒントは自分には無関係だという人には、なにももたらさない。
しかし、ささやかなヒントが思いもかけず大きな幸運を呼び込むこともある、
ということは知っておいたほうがいい。

2013-08-09 13:06 公開

神様がいっぱい

駅頭での挨拶をはじめたのが平成七年一二月二〇日、
ペルー・リマ日本大使公邸での人質事件発生直後だった。
人質の早期解放と事件の解決を祈念しての私の発心だった。

一〇〇日が過ぎ、ひとりの人質の犠牲もなく無事に事件が解決。
感謝の思いでそのまま駅頭での挨拶を続ける。
襷も名刺もなく、ただひたすら「おはようございます」と
朝の挨拶を繰り返すだけの毎日だった。
あれからすでに十一年が過ぎた。
このあいだ、何度も国政選挙を戦い、三度敗れ、
四度目の挑戦で衆議院選挙に当選し、現在二期目を迎えている。
駅頭での挨拶が今日の私を育ててくれたのだと思っている。

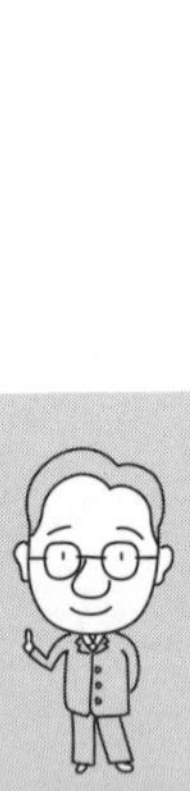

駅頭では実にたくさんのことを学んできた。
これまで一度しか経験していないが、いまだに不思議に思うことがある。
ある日、駅を通る一人ひとりの姿が光り輝いているように見えたのである。
それまで特別の感情なく繰り返していた挨拶の気持ちが、
駅を利用する一人ひとりに対する感謝の気持ちに転換した瞬間であった。

平成八年の正月二日に志木駅で、「おめでとうございます」と
駅の階段をおりてきた妙齢の女性に声をかけたら、
「おめでとうございます」との声が返ってきた。立ち止まって、
「正月早々こんなに素晴らしい挨拶を聞けてありがとう」とも言われた。
駅で新年の挨拶をする人が少なかった頃で、おそらく新鮮に感じられたのだろう。

今日も秘書の松永君と朝霞台で、
一時間近く国政レポートを配りながら朝の挨拶をした。
毎朝駅頭に出る健康と体力に恵まれていることを感謝している。

2007-02-10 09:50 公開

早寝・早起き・朝ご飯

文部科学省は、子どもの生活態度の改善のために、
早寝、早起き、朝ご飯というスローガンを普及しようとしている。

賛成である。

早起きは三文の得ということわざがあるとおり、
早起きすれば、朝のすがすがしい空気を胸いっぱい吸い込むことができ、
命もあらたまった気がする。

早起きすれば、一日を倍楽しむことができる。
仕事も勉強も倍はかどる。

一日のなかで頭脳がもっとも働くのは
目覚めてから三時間後ぐらいと聞いたことがあるが、
たしかに寝起きの頭ではろくな考えもうかばない。

まさに、生活改善の基本は早起きにある。
早起きしようとすれば、おのずから夜更かしできなくなる。

さらに朝ご飯も大事だ。
毎朝きちんと朝食をとる習慣が身についているかどうかで
家庭での躾《しつけ》ができているかどうかがわかる。

臨時国会で教育基本法が改正され、
子どもの教育について家庭に第一次的責任があることが明記されたが、
これまでは家庭での躾があまりにもなおざりにされていた。
いま、あらためて早寝、早起き、朝ご飯の重要性を強調しておきたい。

2007-01-12 20:26 公開

想像力を鍛える

人の悪口ばかり耳にしているとなんとなく自分もその気になってしまう。
多くの人が万物に対する感謝の気もちをなかなかもてなくなってしまった背景には、
そんな世のなかの動きがあるように思われる。

よいことはよいと素直に認め、悪いことは悪いと指摘できる
審美感と感受性が求められているが、
いまの家庭教育や学校教育の現場では、これが不足しているのではないだろうか。

教育の再生が求められている根本はここにあるように思われる。

長男が指摘してくれたことに賛同する。感謝の心を育てるためには、
たしかにちょっとした想像力を働かせる必要がありそうだ。

そのためには、想像力を働かせるために必要な知識が求められる。
その簡単な知識は、家庭で与えるべきものであろう。
母親が子どもに語りかけるその言葉の一つひとつが大きな役割を果たす。

親育て、母親育てがいま求められる由縁である。

テレビを見ていると政治に対する批判、悪口ばかり横行している。
こんなことでは、日本では本物の政治家が育たなくなってしまうと心配である。

2007-01-04 07:34 公開

It is my business.

我が家には縁の下の力持ちみたいな人間が多いから、堅実だが目立たない。

私自身は人の何倍も努力して自分を変えてきているから
いかにも目立ちたがりのように見えるだろうが、
実はどちらかと言うと寡黙で引っ込み思案、
小さい頃はお客さんが来るとどこかに隠れてしまうタイプの子どもだった。

私が表にでるときは、すべてそれが私の仕事だと割り切ったときで、
仕事に関係しないということになると滅多に自分からは手をあげない。
声がかかるのを待つようなところがある。
大人と言えば大人だが、
「もっとバリバリ自分から動いたほうがいいんだが」と思うこともある。

2013-08-31 11:02 公開

もっと積極的であれ。
もっと創造的であれ。
もっとたくましくあれ。

そういう自己暗示をかけないと、そうそうこの壁は突破できないようだ。

さて、どういう言葉を選んだらいいか。

我が家ではいつも一度は人に譲る習慣がついている。

どうぞ、どうぞ。
お先にどうぞ。
いわゆる謙譲の美徳である。
これをやっていれば絶対に敵を作らず、いつも幸せな気分を味わうことができるが、
いつもそれでは、ただのお人好しになる。

どこかで毅然とした態度、強い姿勢を示せるようにならなければならない。
これからの時代を担っていく若者たちになにかいい言葉を残せないか。
そんなことを朝から家人と語っていた。

It is my business.
胸を張って堂々とそう言えるようになるのがいいのではないか。
It's my turn.
これもよさそうだ。

さあ、やるぞ。
ガンバロー。

最近は会合があるたびに、最後はガンバローコールで会を締めくくる。
気合いをいれるためである。

これがいい。

たしかに、これだけで元気がでる。

本当は、私は引っ込み思案である。
人前で歌を歌うことができない不器用な人間である。
「嘘でしょう!」と思わず声をあげる方もおられるかもしれないが、
私はみなさんが考えておられるほどには目立ちたがりではない。
私が大きな声をだしたり、大きな顔をするのは、
あくまでそれが私の仕事のときだ。
普段は実におとなしい。

私にとって必要な魔法の言葉は、どうやらガンバローであり、
It is my business. のようだ。
もっとも、It's none of your business. という慣用語はあっても、
It is my business. という使い方が現実にあるのかは知らないが。

みんなダイヤモンドの原石だ。みがけば光る

本当は引っ込み思案なんだと書いたものの、
引っ込み思案かどうかは本当はわからないことである。

私の場合は、二秒ないし五秒間だけの引っ込み思案である。

ちょっと逡巡することがあるが、いったん決めたらどんどん走りだす。
なにが引っ込み思案なものか、という声が聞こえてきたので釈明しておく。
たしかに気分は、なんでも人に譲るジェントルマンだが、
誰も名乗りをあげる人がいないということになると、さあ出番ですよ、
と声がかかったような気がしてさっさと手をあげてしまうのだから、
傍から見たら結構な積極人間、出しゃばりのお祭り好きということになる。

一瞬で、とてつもない積極派に転換してしまう。

2013-08-31 13:13 公開

むしろ、機を見るに敏だとでも言ってもらったほうがいい。
みなさんの誤解が拡がらないうちに訂正しておく。

単にみんなからいくら勧められてもカラオケのマイクを握らない、舞台に立って歌を歌わないいくらいなものである。
法廷に立てば滔々《とうとう》とまくしたてるし、和解の席で裁判官や相手の代理人を説得することもある。
右翼や暴力団、さらには反戦系の過激な労働組合とも対決してきたから、弁護士としては戦う弁護士のひとりである。

そう簡単に引っ込むような人間ではないことは、文章を読んでもらえればわかる。

いつもバトルを繰り返している。

自分のことを「本当は引っ込み思案なんだ」と書いてしまったが、これでまわりが妙にホッとされても困る。

いまのままでもいいんだ。
引っ込み思案でもいいんだ、などという誤解が拡がってはいけない。
私は五秒間だけの引っ込み思案で、現実には大変な行動家であり冒険家である。

どんな難しいことにも果敢に挑戦するドンキホーテの仲間である。
それでなければ、難しい国政選挙に挑戦するはずもない。
自分を鼓舞しながら戦いの日々を送っているというのが実際だ。

家人がいいことを言った。

みんな、ダイヤモンドの原石だ。ダイヤモンドはみがけば光る。
まだみがきが足りない。もっともっとみがかなければならない。
みがいてみがいて、光り輝いてもらわなければならない。

私もみがき足りないそうだ。

「本当は引っ込み思案だ」などという言葉は撤回して、
これからますます自分をみがかなければならない。
そう言えば、大分頭が薄くなってきた。いやはや。

朝の祈り

今日もすがすがしい朝を迎えることができた。
一夜の眠りが人に新たな力を甦らせる。生かされている自分を実感するとき、
人は自然と謙虚になり、まわりのすべてに感謝の念を抱くようになる。

ありがとうございます。

その言葉が自然とでるようになったら、人は祈りを知ることになる。
いま、教育の荒廃が指摘されているが、私は世のなかに祈りが不足しているために
家庭が崩壊し、教育も荒廃するようになったのではないかと思う。

いただきます。

食事の際のこの言葉は、農作業に従事しているお百姓さんへの感謝の言葉であった。

誰に感謝の言葉を捧げるでもなく、黙々と食卓に向かっていることはないか、
自らを振り返ってみる必要がある。

父への感謝、母への感謝、先祖への感謝、天への感謝、
森羅万象への感謝の思いを新たにするために、
それぞれの言葉で祈りを捧げよう。

いってらっしゃい。

母親のその一言で子どもたちは元気を取り戻す。
さあ、今日も自分に与えられた仕事に懸命に取り組もう。

2007-01-03 06:47 公開

子育て・親育て

多くの人が子育ての重要性を指摘している。まわりの人々から祝福されてこの世に生を受けた子どもたちがいつしかあの純真さを失い、いじめにあったり、自らいじめに加わったりしてしまう。本人の資質によるのか、それとも成育環境に起因するのか。

私は、親、とくに母親に問題があるように思う。子育てのまえに、親育て、とくに母親育てが必要だと思う。

最近は、子どもに対して母親がたっぷりと愛情を注ぐという基本が失われてきているのではないか。

母親が未熟なため、子どもとどのように接してよいのかわからないまま、子育てという人の一生を左右する仕事にあたっているというのは不幸なことだ。

2007-01-02 07:29 公開

不適格教師を教育の現場からどのようにして排除していけるかが
教育再生の重要課題となっているが、
親育て、とくに母親育てをどのようにしていくかが、
これからの日本の課題である。

それにしても、私が仕事にかまけて
ほとんど家庭を顧みることのなかったにも関わらず、
家をしっかり守り、五人の子どもを立派に育ててくれた
わが妻に心からの感謝を捧げる。

ありがとう。

「子育ては親育て」の意味を問う

六年、五年、三年、一年の四人の小学生と幼稚園児の五人の子どもをかかえ、授業参観日に小学校の各教室を駆けまわった頃がなつかしい。

子どもの成長とともに、私たち夫婦も成長してきた。

夜遅く帰宅し、子どもたちが学校に行った後、起きだす。

そんなすれ違いの家族だったが、私は、毎晩、子どもたちが広告の紙の裏や絵日記に書いている絵とお父さんへのメッセージを楽しみにしていた。

ほんの数行だが子どもたち一人ひとりに返事を書いていると、小一時間かかる。

子どもたちの顔を見なくとも、子どもの成長を確認できた。

家でなにがあったかもよくわかった。

はたらきバチの父親と子どもたちの触れあいを、こういう形でつくってくれた家内に感謝している。

2007-07-03 11:43 公開

現在、子どもたちは成人したが、全員が私のブログの読者である。
毎日書き続けていることに驚嘆し、ときに敬意を込めて論評してくれる。
あのときの絵日記を、いまも続けているのだと思う。
家内も最近はパソコンや携帯電話のメールに習熟してきた。
その家内の口癖は、「子育ては、親育て」
子どもによって親が育てられてきたというのである。

私のブログは、子どもたちへのメッセージでもある。子どもたちになにを伝えるか、どう伝えるかを懸命に考えることで、自分自身がすこしずつ変わってきている。
これが、「子育ては、親育て」ということか。

教育再生に関する特命委員会に出席したときのこと。
文部科学省の初等中等教育局長から、昭和三三年当時一三四〇万人だった公立小学校の児童数が、平成一八年で約七〇七万人、
二万六七五五校あった小学校が二万二六〇七校に減少しているとの報告があった。
このまま推移すれば、平成二三年には児童数は約六七九万人になるという。

まさに児童数が半減するというのだから、
現在の少子化のスピードがいかに激しいかわかる。
これに伴って、平成四年から十一年頃までは毎年二百校前後だった
公立学校（小、中、高）の廃校数も急増し、平成十六年で実に五五六校、
平成一七年で四五五校が廃校になったとのこと。
学校統合で新しく平成一七年四月に開校した小学校は、
一六一校（統合前三八七校）ということである。
教育の現場が、大変革の渦中にあることがよくわかる。

そう言えば、あの頃は、毎朝地域の子どもたちが順番に集まり、
六年生を先頭に笑い声をあげながら登校していた。
いま、そういう姿を見ることはない。

気をあわせるだけで、大きな力が生まれることがある

昨日から今日にかけていろいろ考えてきた。
昨日は少々意気消沈気味だったのに、今日は特別に元気になった。
なんでこんな風に一日で変わるのか、変わることができたのか、
ということを考えて、私の元気の源を探ってみた。

それからもずっと考え続けている。
うん、たぶんこれだろう、ということにハタと気づいた。

言葉には言霊と言われるように、力がある。
弁護士としての私の言葉は、しばしば大きな力を発揮する。
言葉で人は大きく動かされる。
いい言葉を聞けば、いいように変わり、
悪い言葉を聞かされ続けていると人が悪くなる。

2010-09-23 20:27 公開

できるだけいい言葉を使いたい。
できるだけいい言霊を発していきたい。
言葉の力を認識していたから、私はずっとそう心がけてきた。

だから、私の子どもたちも私のブログを読んで元気をだす。
私の「知恵と勇気の泉」に毎日のように投稿してくださる若い読者の方も、私のブログをまるで子守歌か何かのように読んで日々成長されている。

その私が、私のブログのコメント欄ですっかり気を乱されてしまった。
これが布団を被って寝てしまおうと考えた一因。
これもコメント欄の言葉の力である。

言葉は、人を元気にもするが、簡単に人を傷つけることもできる。
いや、むしろ人の心をずたずたに切り裂いてしまうことのほうが多い。
私は、みなさんにできるだけいい言葉を使ってもらいたい。
そう願ってきた。

こうした私の願いにどうしてもそえない人の、よくない言葉づかいを他人の目に晒さないように、コメント公開承認制にしたり、どんどん削除方式を取ったりした。

言葉の力がいかに大きいか、ということを改めて知った。

良くない言葉づかいを目にしないだけで、ぐっと気分が改まる。


いい言葉が人に力を与える、という実例である。

悪い言葉が人の力を削ぐ、という実例である。

そのことを知っただけでも良かったと思う。


本を出版してでもみなさんにお示ししたくなった彩さんのメッセージ【※】は、いい言葉に溢れている。

すべてに通じる秘訣がここにある。

私は、自分の弁護士生活を通じてこれを知っている。
相手に気をあわせる。
これである。

くりかえし申しあげておきたい。
相手に気をあわせるだけで、大きな力が生まれることがある。
このことについては、これからも何度か指摘することになるだろう。
みなさんも、是非考えておいていただきたい。

【※】「彩さん」との対話は『天女との語らい』シリーズ（PHPパブリッシング刊）に収録されている。

休み時間　私はこうして身を削ってきた

毎日、体重計に乗っています。

今朝の体重は七六キロ。
かつて八六キロくらいあったときの私の愛称は、プーさん。

それ以上は痩せないほうがいい。
政治家は貫禄が大事だ。
そんなアドバイスを頂戴しますが、私の目標は七五キロにすること。
酒を飲むと、てきめんに体重が増えます。
もとに戻すのに二、三日かかります。
政治家は自分の身を削らなくちゃ。

2009-05-09 09:16 公開

そうですね。
まずは自分がその模範を示すこと。
毎月一キロずつ減量してきた成果が現在です。
気を緩めると、すぐもとに戻ります。
体重計と、家族のチェックが大事です。

お腹のまわりが二〇センチも減りました。
昔のプーさんは、いなくなりました。
しかし、私のマスコットはいまでもプーさん。
かつてムーミンパパとまちがえられましたが、
私はいまでもプーさんのつもりです。

今朝の朝霞台の駅頭でも若い女の子が、たくさん手をふってくれました。

四時間目

大切にしたいこと

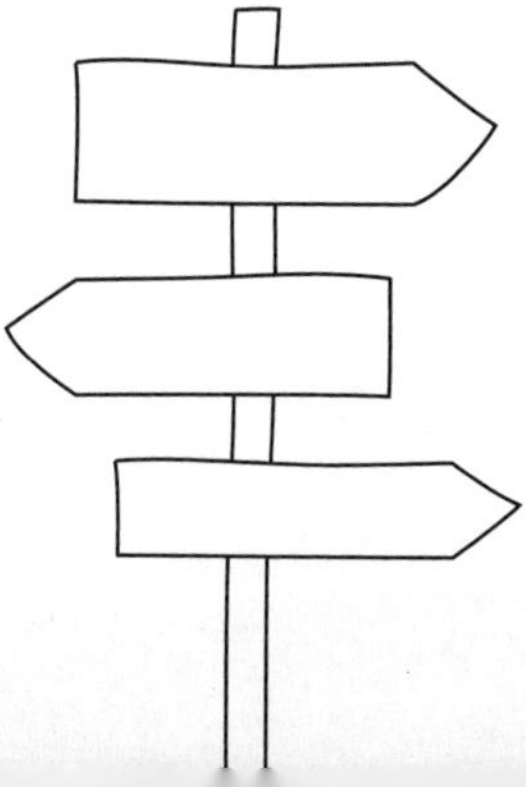

毎日が誕生日

最近、数を数えるのが不得手になった。
一、二、三……一〇を超えたら、後は「たくさん」。
たくさんの年齢になった。

九月四日が私の誕生日である。還暦のお祝いは、あえてしなかった。
あれからは、毎日が私の誕生日のような気でいる。

日々、新たなり。いまの私の心境にぴったりだ。
つねに新しいことに挑戦している。自分でつねに新しい戦いの場を作りだしている。
「毎日が日曜日」は私には無縁の言葉である。

毎日が誕生日。
うん、これがいい。

2010-09-04 09:59 公開

こどもの日

五月五日は、こどもの日です。
私には五人の子どもがいます。
すでに皆、成人しており、それぞれに自分の道を歩みだしております。

親は、子どものために存在する。私はそう思っております。
子どもたちが小さい頃、私が夜遅く家に帰ると
テーブルのうえに六冊の絵日記帳がのっておりました。
妻と五人の子どもが一日の出来事を書いた絵日記です。
全部読んで短い感想を書く、これが楽しみでした。

翌朝は私が寝ているうちに子どもたちは学校に行きます。
ですから、この絵日記が私の家族にとってはとっても大事だったのです。

2009-05-05 05:42 公開

私がはじめて衆議院選挙に立候補することになったとき、長男がこう言いました。

「お父さんをなぜ推薦するのかわからない」

選挙にでることになると、家族も応援にかりだされます。

「父をよろしくお願いします」


なぜこの候補者でなければならないのか、どんなところが他の人と違うのか。

この人にはどんなことができるのか。

この人が立候補することにはどんな意義があるのか。

そんなことを突き詰めて考えると、正直であろうとするほど答えがだせない。


「お父さんをなぜ推薦するのかわからない」

高校生の長男は、私にそんな問いかけをしたのです。

こういう純真な問いに答えるのは、結構難しいことです。

自分であれやこれや説明しても、なかなか得心しない。

なにしろ未知の世界にこれから挑戦しようとするのですから、

なんの実績もありません。
自分で実際どんなことができるのかもわからないのに、
「わからない」と言っている子どもにわからせようとする。
やはり、言葉では無理です。

実行あるのみ。
自分の背中でわからせるしかない。
そういうことでこの一四年間やってきました。

このブログを書くのは、子どもたちへのメッセージでもあります。

子どもたちがそれぞれ、正しく自分の道を歩んでくれますように。
このブログの読者のなかには、
私の子どもたちと同じような年代の方も多いと思います。
昔、絵日記帳を開けるのを楽しみにしていたように、
みなさんのコメントを楽しみにしております。

ものごとを仕上げることができる人は、やっぱりエライ

自分の一生を賭けて、いったいいくつのことを仕上げることができるだろうか。

いやあ、なかなか仕上がらないものだ。

自分の考えていることの半分も仕上がらない。

いや、ほとんどが仕上がっていないというのが正直な感想である。


しかし他人を見ると、よくやっているなと感嘆の声をあげることが多い。


今日は、超越国境プロジェクトのひとつである中国人留学生東北応援バスツアーの出発直前・蹶起懇親会が開催される。

ひとつの事業を仕上げるためにどんなにたくさんの準備が必要かをあらためて実感している。

若い人たちが連絡を取りあって、できるだけ充実したプロジェクトに仕上げていくために知恵をだし、汗を流している。

2013-08-03 09:55 公開

何度も何度も出席の確認をしてくる。
会合が終わったら、かならずお礼の電話がはいる。

実に丁寧だ。
実に周到だ。
いかにもこのプロジェクトを大事にしているという思いが伝わってくる。
なんとしてもこのプロジェクトを成功させる、という気合いが伝わってくる。

結局、人を動かすのは、こういった若い人たちのエネルギーである。
今回の東北応援バスツアーも成功するはずだ。

行ってよかったということになると、次も参加してみようかしらということになる。

その連鎖で、ビヨンドXプロジェクトもつい先日、
二〇回目の全体会議を終えたところだ。
よく続いてる。

中国人留学生の東北応援バスツアーは、これで二回目になる。
みなさんが参加してよかったとなると、次に繋がる。

一回、一回が勝負である。
次に繋がるかどうか。
ただ、そのことに私は賭けている。
ひとつでも次に繋がることを見いだせればいい。
そんな思いで、頑張っている今日この頃である。

なんだ坂、こんな坂。
えいこらっしょ、どっこいしょ。
荷車を引いているような感じで、一日一日を過ごしている。

生来楽天家のはずの私でも、ときどきは元気がなくなる。
そういうときに元気を与えてくれるのは、大体が若い人だ。

へぇ、そこまでやるのか。
すごい。
そういう思いが、ちょっと元気をなくしたときの私を奮いたたせてくれる。

弁護士選挙研究会やインターネット選挙大賞選定委員会のほうは
どうもまだ思わしい成果をあげられないでいるが、
二年か三年先を目標にすればなんとかなるかもしれない。
すこし遊びをいれながら、じっくりかまえていこうかしらと
思っているところである。

それにしても事を仕上げる人は、エライ。
どんなことでもそう簡単には仕上がるものではない。

さて、私は果たしてこの先どんなことを仕上げることができるだろうか。

早川さんのは、どれくらい大きな和ですか

昨日、朝霞台の駅で電車に乗ろうとしたら、ひとりの中年男性が近づいてきました。

「早川さんのは、どれくらい大きな和ですか」

「えっ!?」

思わず聞き返しました。

「大きな、大きな和です」

私のポスターに書いてある、「新しい時代。大きな和をつくろう」の和のことを聞いておられるのだということがわかりましたので、とりあえずそう答えました。

「この国を包み込むような、大きな和ですか?」

その男性は、そう言って駅のホームの階段をのぼっていきました。

2009-03-18 08:51 公開

駅のホームにいる私を見かけて、階段の途中までのぼっていたのをわざわざ降りて私に話しかけられたのだということがわかりました。

「大きな和をつくろう」
みなさんがそういう思いを抱いておられることが、なんとなくわかります。

今朝は、朝霞駅で、
「いつもブログを楽しく読んでいます」
そう、声をかけられました。

今日もいい一日になりそうです。

信じる人は救われる

いつまでたっても、これでいいということにはならない。
すべてのニーズに応えたいとは思っているが、これがなかなか難しい。

かつて難しい数学の問題を解こうとして一晩寝ながら考えていたことがある。
寝ているのだから、頭を使っていないようだが、
実は寝ながら一生懸命考えていたのである。
グルグル計算機が回っているような感じだった。
朝起きたら、チーンジャラジャラ。
答えが音を立てててできたような感じがした。

あのときは自分の頭が計算機やコンピューターのようなものだと思ったものだ。
問題をインプットしたら、ぐるぐる計算機が回って、
やがてチーンと音を立てて答えがでてくる。

2013-08-30 09:51 公開

「ほう、たいしたもんだ。人間は寝ながらでも計算しているんだ」
などと妙に感心したものだ。

私たちは、すべてのことに答えがでると思っている。
ひとつの問いをだせば、かならずコンピューターのようにひとつの答えがでる。
そういうことを期待する。

期待されるのはいいが、法律の世界のことはなかなか
コンピューターのようには答えがでない。

基本的にはいつかは答えがでるのだが、いつまで待っても答えがでないことがある。
まずデータが不足していると、答えがでない。
いつまでも空回りを続けるか、ときにはとんでもない答えを弾きだしたりする。

どうも法律問題は、コンピューターでは解けないようだ。

理系の人には納得し難いだろうが、これが本当のところである。
結局、コンピューターよりもカンピューターに頼らざるを得なくなる。
実に私たち弁護士の仕事は難しい。
特に、ピンポイントでの答えを求められるときが一番難しい。

どんな問題でもピンポイントで正しい答えをだしてあげたいのだが、
いつになっても難しい。
どこかで、エイヤッとやってしまうところがある。

私は比較的運の良い方だから、このエイヤッが結構功を奏しているが、
ここまでくると理屈を超えている。
選挙に関する難しい相談は、特にそうである。
ピンポイントで正しい答えをだせるように日頃から精進しているつもりだが、
最後の判断はエイヤッになっている。

やはり私は、「神様、仏様」の類である。

信じる人にとってはこれほど役に立つ存在はないが、
信じられない人にとってはなんの役にも立たない。

そういう本当のことがわかって、私を訪ねてくる人はラッキーである。

信じる人は救われる。
不思議なほど救われる。
このことだけは間違いがない。

もっとも、救われなくとも神様、仏様には責任がないので悪しからず。

成功しない人の法則

どうやったら成功するかという設問は難しいが、どうやったら成功しないかということだけははっきりしている。

時間にパンクチャルでない人は、どこの世界でも成功することは難しい。
若い人たちへのメッセージとして、多少教訓じみたことも書いておく。

なぜ、人と約束した時間に遅れてしまうのかが私には理解できない。
もちろん、車の渋滞、車両故障、突発事故の発生などでやむを得ず約束の時間に遅れることは誰にもあるが、遅刻する人は大体決まっている。
いつも遅れる人は、どこでも遅れる。
「ほう！　今日は珍しいな」と思うときは、自分に特別の利害関係があるとき。

こういう人は、本当は信用されない。

2009-09-17 18:15 公開

律儀さを欠いている。
こういう人は、いつも会合の途中で抜けてしまう。
要領がいいようだが、実は大事な信用を失っている。
天網恢恢《てんもうかいかい》疎にして漏らさず。
人は見ているのだ。

どうか若いみなさんには、小手先の要領など覚えず、パンクチャルな人間になるための努力を積み重ねていただきたい。

なお、机のうえを整理整頓できない人も
なかなか成功しないのではないかと思っているが、
弁護士の仲間でやたらと机のまわりに書類を広げっぱなしの人が
結構繁盛しているから、整理整頓と成功には相関関係がないのかもしれない。
ただし、私は乱雑な机など見たくない。
私とつきあう人は、注意しておいて欲しい。
念のため。

辞めるか、辞めないか

迷ったときにはどうしたらいいか。

どうしても答えがだせないときは、鉛筆を転がす、下駄を投げる、
コインを放り投げる、誰かに相談してそのアドバイスに従う、
誰にも相談しないで自分には解決不能な問題として忘れる、
そのいずれかを取ることになります。

大抵は一晩か二晩寝れば答えが見いだせます。
これが一週間や二週間に及ぶこともありますが、
選択肢が「ふたつにひとつ」にまで絞り込まれれば、後は決断です。
やるか、やらないか。
右か、左か。前に進むか、後ろに退くか。
辞めるか、辞めないか。

2009-04-19 05:33 公開

私は、一度だけ鉛筆を転がしたことがあります。

四〇年以上前の司法試験の会場でのことです。

短答試験の答えがわからない。設問のうちいくつかは私が知らない問題でした。


いくら考えても、どの設問も間違いがないように思える。

「次の答えで間違っているものを探せ」

そういう設問でした。


実は、「全部正しく、間違いはゼロ」そういう設問が入っていたのです。

これは難しい。

完璧な知識が無ければ答えられない難しい問題でした。


「あたるも八卦、あたらぬも八卦」の心境になります。

残る一分のあいだに答えを書かなければならない。

選択肢は七つあります。

間違い探しですから、ひとつの問いで六つの異なった記述がなされております。
一から六の数字のほかにもうひとつ、ゼロの記号を書くことができる。
なんとかこれをふたつの選択肢に絞り、最後は決断です。
エイ・ヤーと気合いをいれて選択します。

これで私の人生が決まりました。

予備校の人が模範解答を配っておりました。
自分がどう答えたのか覚えている設問での正答数だけでは合格しない。
鉛筆を転がし、運を天にまかせた何問かのうち、半分あたっていれば合格だ。
さすがに短答式試験の発表のときには足が震えました。

結果的にはもっと正解数は多かったようですが、
このときの緊張感はいまでも続いております。
人事を尽くして天命を待つ。
運を天にまかせる。

迷ったときは、鉛筆を転がすことですね。

最後に大事なことをひとつ。
人に相談したら、かならず相談した相手の言葉を受けいれることです。
「他人の言うことを聞けないのに、相談するな」
子どものときにそう言われました。
ですから私は、大事なことはひとりで悩み、
ひとりで結論をだすようになったのでしょう。

鉛筆を転がすくらいの技はもっておいても損にはならないのです。

仏頂面と破顔一笑

ほとんど毎朝お会いする方が何組かあります。

ご主人が大きく手をふりながら前を歩き、
奥様がご主人の二、三メートル後を歩く、
典型的な夫唱《ふしょう》婦随《ふずい》のご夫婦。
手を大きくふると、顔がしっかり正面を向き、
背筋がぴんと伸びるので、姿勢がよく、見ていて気もちがいい。
ああ、いいご夫婦だなあ。
そう思います。

「おはようございます」と声をかけたら、途端に顔を崩し、
みごとな笑顔を見せてくださる中年の女性がおられます。
こんな素晴らしい笑顔の持ち主には、お会いしたことがない。

2009-03-07 05:40 公開

これが、破顔一笑ということなんだろうと思います。
今日もお会いできるといいなあと思いながら、このブログを書いております。

破顔一笑の対語はなにか。
仏頂面でしょうかね。
仏頂面は、絶対にまわりの人を幸せな気持ちにはしません。

笑顔を絶やさないように努力したいものですね。

三つの道標

つねに自分に言い聞かせていることがある。
三つの道標・目標をもっているか、ということである。

ひとつめは、いまただちにやるべきこと。
当面の課題、今日の仕事といってもよい。
ふたつめは、明日やるべきこと。
近い将来に達成すべき課題、さしあたっての目標とでもいおうか。
最後は、今日、明日の仕事ではないが、将来自分が果たそうとしている
大きな目標である。これは、たんなる夢やあこがれに終わるかもしれない。
しかし、三つ目があるからこそ、今日の努力が明日へ、そしてその先にまでつながる。
この三つの目標がそれぞれ道標になる。

2007-03-08 07:52 公開

現在の課題に埋没してしまえば、いつしか自分を見失ってしまう。
大きな夢があっても、いまやるべきことがなければ、
無為に時間をすごすだけである。
いまやるべきことが明白でも、明日やることがなければ、
なんのために努力しているのかわからなくなることもあろう。
そして、今日、明日の目標のみに捉われていると、
いつしか大道に外れているかもしれない。

三つの目標・道標が必要である。
この三つが一直線につながっていれば、迷走することはない。
いま自分がどこにいるかとまどうこともない。
少なくとも私はそう信じてきたし、人にもそう言ってきた。

選択・あえて不便を厭わず

有楽町線の永田町駅が私の目的地である。和光始発に乗れば三〇分あまりで着く。
私の選挙区は埼玉県にあるが、毎朝八時、ときには七時三〇分からはじまる
党の部会に出席するのにこんなに地理的条件に恵まれているところは少ない。

平河町の出口を使うときはホームの進行方向に向かって後側の改札を、
国会議事堂側を使うときは進行方向前方の改札を使うことになる。
自民党本部へは平河町側の方が若干近いが、
最近は国会議事堂側の改札を使うようにしている。

のぼりのエスカレーターが二基、くだりのエスカレーターが一基あり、
くだりのエスカレーターの脇が階段になっている。
長いエスカレーターである。
階段の数も八〇段を超える。建物にして三階から四階くらいはありそうだ。

2007-02-26 10:55 公開

その階段をのぼるのが楽しみである。私ひとりではない。
何人もエスカレーターでなく、階段をのぼっている。

エスカレーターでは、前の人のうしろについて、
うえの階に到着するまでじっと待っていなければならない。
前の人の脇をすり抜けるようにしてエスカレーターを歩いてのぼることもあるが、
エスカレーターの幅は狭い。脇をすり抜ける人の背中を迷惑そうに見る目を
意識する。自分のペースで進むためには、かえってエスカレーターは不便だ。
そんなこともあって、現在は階段族になった。おかげで一階から五階まで程度なら
息も切れない。日々、体力が増していくような気がする。

エスカレーターがそこにあるというだけで、これまでエスカレーターに
乗ってしまっていたが、ずいぶんともったいないことをしてきたものだ。
便利さに安住しているうちに、
自分の足で歩くという基本的な身体機能が低下してしまう。
そんなことがいまの世のなかには溢れているのではないか。

実は私がこのような思いをもつようになったのは、
妻が階段を使うようにしているからだ。
「いつか自分の足で階段の昇り降りができなくなってしまうかもしれない。そんなことにならないよう、できるだけ階段を使いたい」
妻から教えられることが多いが、階段の教えは素晴らしい。

大学紛争で卒業が六月になった昭和四四年、自治省にはいり富山県庁に出向。本省に戻って、これから県庁に課長職でるという時期に自治省を退官し、司法修習生を経て、弁護士になった。エスカレーターに乗る人生を捨て、一歩一歩自分自身の力で人生を切り拓いてきたように思う。
けっして平坦な道のりではなく、ずいぶんと遠回りもしてきたが、実に楽しい。
エスカレーターのように幅が狭いわけではない。歩むスピードは自分の好きなように調整できる。途中で休んでも、誰にも嫌がられない。体力が回復したら、思う存分スピードをあげることもできる。そして、なによりも楽しい。

みなさん、今日から階段をぜひ楽しんでください。

なにはともあれ動く

いくら考えても答えが見つからないときには、
頭を抱えていてはなんの知恵もでてきません。
ここは頭を切り替えるときです。

頭が疲労していれば、いい知恵は浮かびません。
頭の疲労は、やがて身体全体の疲労に繋がります。
すこしずつ身体が疲労するのを待つのではなく、
ここは思いきって、一気に肉体を酷使してみることです。

精神の疲労と肉体の疲労をおなじ程度にもっていく。
これが秘訣です。
あらゆる挟雑物《きょうざつぶつ》が寝ているあいだに取り除かれ、答えが見えてくる。
こういうことがしばしばあります。

2009-04-18 19:28 公開

迷ったら、動くこと。
動けば、おのずから風景が変わる。
自分が動けばまわりも動く。
動けば、やがて答えが見えてくる。

そう、私は考えています。
私が超楽観主義者と言われるゆえんは、
動くことにはなんのマイナスもないと信じているからです。

こんな大事なときに動きを示さない人は、いつまでたっても動けません。
さあ、動きましょうよ。
なにはともあれ、動くことです。

ところで私は、取っておきの頭の切り替え法をもっております。
こんな一面もある、ということを知っていただくためにお教えします。
漫画本を一時間程度読むことです。

貸し本屋さんで立ち読みしていた少年時代からの私の習慣です。
最近の少年雑誌の漫画はどうにも読む気になれませんが、
かつては結構いい漫画が多かった。
熱中できる漫画に出会えば、それまで頭のなかでもやもやしていたことが
どこかに飛んでいってしまいます。

錯綜していたさまざまな情報が枝葉を取り払われ、
その重要性や発生の機序に応じて並べ替えられ整理されれば、
やがて解決に向けた太いふとい一本道が見えてくる。
これが、早川理論です。

私のような漫画脳は漫画で、そうでない人は動くことで、これができるようになる。

へぇ。今回の話は、まあ、その程度に受けとめておいていただければ幸いです。

休み時間　騙されたとは言えないような騙され方

たまにはこういう失敗をすることもある。

「だまされた」とは言いにくい。

「だまされた」ということを認めるのは恥ずかしいから、自分からは絶対に言わない。

絶対に自分からは言いださないのだが、聞かれたら正直に答える。

「これ、いいわ」

家人がその品物を見つけた。

家に持ち帰るのがカッコ悪いからそこに置いていたのだが、案の定気がついた。

誰が見てもその品物は一見よく見える。

当然、どこで買ったのかということになる。実は貰ったのである。

2013-08-26 12:14 公開

路上で呼び止められて、処分に困っているので貰ってくれませんかと言われて
その気になってしまったのである。
いかにもよさそうな品物だった。
あれやこれや話しているうちに、
それなりの事業をやっている人のように見えてしまった。
まあ、貰ってくれと言われても、
ただというわけにはいかないだろうと思ってつい財布の紐を開けてしまった。

本当に貰ったわけではないが、買ったとも言い難いところだ。
自分で勝手にお金をだしてしまったのだから、だまされたとは言い難い。

しかし、どんなによく見える物でもそれだけの価値が本当にあるかと言えば、
大体はない。
掘り出し物など滅多にないものだ。
夜店で同じような品物がいくらいくらででていますよと言われてしまうと、

自分の目利きが間違っていたことを思い知らされる。

路上で声をかけられてその話に乗った私が悪い。
まあ、騙されてもいいわ、くらいの気持ちで、
遊び半分で相手の話を聞いてしまった私が悪い。
なまじっかお大尽みたいな気持ちで通りを悠然と歩いていた私が悪い。

結構私は騙されやすいかもしれない。
それでもけっして損はしていないのだから忘れてしまえばいいのだが、
失敗は失敗である。
人が良さそうな人間は、こんな風にして騙されるという実例である。

自分からはけっして言いださないのだが、
同じような失敗を繰り返さないためにあえて記録に留めておく。
いやはや。

給食の時間

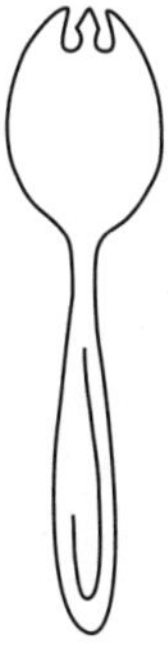

みんな貧しかったが、心は豊かだった

こんなことを書くと、そろそろ懐古趣味かと言われそうだが書いておきたい。
表題を「貧しかったが、貧しくなかった」とでもしようと思ったが、
さすがにこれではなにを言おうとしているのかわからないだろうから、
「みんな貧しかったが、心は豊かだった」と変えてみた。

子どもの頃、姉が「ごちそうさま」と箸をおく。
母親もご飯を食べようとしない。
育ちざかりの弟や妹におかわりをさせるために、自分たちはご飯を食べないのだ。

お米を研ぐのが私の仕事だった。ブリキの米櫃をさらって米粒を集め、お米を研ぐ。
お米がないのだ。
お米がないのがわかっているから、自分たちは食べないようにしているのだ。

2010-07-19 09:55 公開

いまの若い人たちには想像できないだろう。
「貧しい」ということは、人をこんな風に変える。

みんな貧しかった。しかし、貧しいからお互いに助けあって生きてきた。
ご近所同士で味噌や醤油、お米の貸し借りはしょっちゅうあったようだ。

だから、ご馳走を独り占めするようなことはしない。
よそ様のところでお菓子を頂戴すると、これを紙に包んで家に持ち帰る。
みんなで食べよう。
お母さんに食べてもらおう。

養老の滝の話などは、けっして他人事ではなかったのだ。
少なくとも自分の親兄弟のことをみんなが考えていた。

私が生まれた昭和二〇年は、日本が戦争に敗れた年である。
一家の大黒柱を軍隊に取られて失ったり、戦災で家族を失った人も多かったと思う。

浮浪者になった人も多かったはずだ。
餓死者もいたと思う。

みんな、バラック生活のなかから立ちあがっていった。
とくに東京では、廃墟のなかから立ちあがっていった人が多かったのではないか。
みんな、貧しかった。
しかし、だからこそ、弱い人に対する思いやりの心は、人一倍強かったようである。
貧しかったが、心はけっして貧しくなかった。
いや、むしろ豊かだったと言ってもいいかもしれない。

いまの若い人たちは、私たち世代のこうした思いがわかるだろうか。
自分だけよければいい、いまさえ楽しければいい、
などという浅はかな考えに捉われてはいないだろうか。

心を豊かにしていただきたい。
それが、私のお願いである。

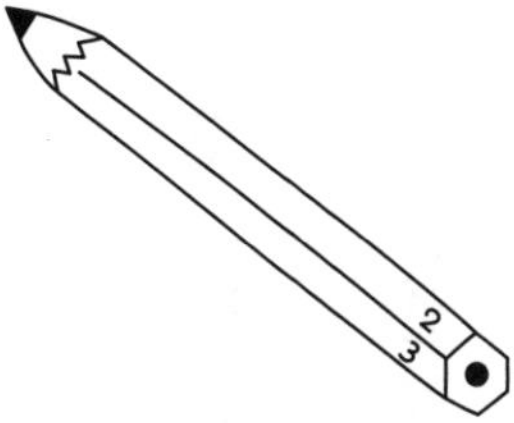

五時間目　若い人たちへ

Do your best

郵政民営化解散総選挙から私の選挙を手伝ってくれた若者の結婚式に出席した。
二六歳という若さに関わらず一五〇人以上が出席して心からお祝いの言葉を述べる、いい結婚式だった。

自分で目標を設定し、その目標に向けてなにをなすべきかを周到に考えて、その目標の実現に向けて最大限の努力を払う。
いまどきの若者には珍しいタイプである。
こういう若者がこれからの日本には必要だ、そう痛感した。

考えたら、即、実行に移す。その行動力がすばらしい。
行動する人は、渦をつくる。
小さな渦はまもなく消えてなくなるが、
大きな渦を起こせる人はさらに大きな渦をつくることができる。

2010-10-10 20:56 公開

その彼がかなり前に招待状を送ってきていた。
「披露宴での挨拶をお願いします」とのメッセージが入っていた。
そのときは、出席の返事だけ認めて、
招待状はそのまま会合案内の書類ファイルに整理して保管しておいた。
今朝、開宴時刻を確認するため招待状を見たら、
そのメッセージの裏側に手書きで大事なことが書いてあった。
達筆とは言い難いが、そのメッセージを読んで今日の結婚式の挨拶の中身を決めた。
「大変ご無沙汰しております。先生とご一緒させて頂いた時間は私の生涯の宝です」
そう、この若者も私の宝であり、日本の宝になる。
そう思った。
披露宴に出席して本当によかった。
すでに葛飾区の区議会議員になっている私の事務所の元秘書も出席していた。

新郎よりは先輩で、新郎が私を手伝うようになる頃には
すでに私の事務所を辞めていたが、選挙戦のさなかに出会ったらしい。
そのときの縁を大切に育ててきたのだ。

若い人たちが縁を大切にしている。
互いに切磋琢磨しようといまでも努力している。
私が長年願ってきたことが、こうして少しずつ実りはじめていることを確認した。
ありがたいことである。

その新郎が、来年四月の統一地方選挙で
地元の市会議員選挙に挑戦することを決めたという。
いいことだ。
種を蒔いたのは、私である。
花を開き、実を結ぶのは、その後の自分自身の努力にかかっている。

私は、彼らに言ってきた。
死ぬ一歩手前まで頑張れ！

かならずやり遂げてくれると思っている。
まだ二六歳の若さである。
三〇年たっても、いまの私よりは若い。

Do your best.
互いにそう言いあっているところだ。

イチロー選手でもやはり苦しいことはあった

今朝（二〇一〇年九月二十四日）、
イチロー選手がシーズン二〇〇本安打を達成したことを知った。

「おめでとう」と言いたいが、イチロー選手はめでたいとかめでたくないという域を超えたところにいるような気がする。

弁護士会の役員選挙のときなどもよく「おめでとう」というが、
私は、「おめでとう」というより、つい「ご苦労さま」と言いたくなる。

さすがだ。

その感嘆の一言である。

それにしても、大変な業績である。

イチロー選手の日頃の精進の成果である。

すごい。

自分にはとてもできない。

そういう賞賛の目でイチロー選手の偉業を心静かに讃えるのがいいのではないか。
淡々と喜びを語るイチロー選手だが、
一〇年連続二〇〇本安打の道のりはやはり容易ではなかったようだ。
イチロー選手でも苦しんだのだ。
安打製造機のようなイチロー選手も苦しみながら、
一歩一歩、安打を積み重ねてきた。
途中でブーイングもあったようだ。
マスコミから意地悪されたこともあったようだ。
そういうことを自分からはけっして言いださず、
ただ「苦しかったこともある」とインタビューに簡潔に答えている。
イチロー選手は、よくできた人だ。
私たちも大事を成し遂げたときには、こういう風に静かに祝いたいものだ。

2010-09-24 13:19 公開

細心にして大胆に振る舞う

決めるときは一気に決めるが、決める前にはあらゆる事態を想定し、どんな危機的状況に対しても備えることができるよう準備して、事に臨む。
細心にして大胆に振る舞う、というのが私のモットーである。

基本的には、私が臆病だからであろう。
自分に課せられた責任の重さを痛感するからでもあろう。
あらゆる不測の事態にも対処できるようになる。
これが、危機管理の要諦である。

経験がないと、これができない。

しかし、経験があっても成功体験ばかりで失敗経験がないと、
まず不測の事態には対処できない。

ミスはできるだけ早いうちに、というのが基本である。
成功体験だけでは応用が利かないので、大きなミスを引き起こさないために
あえて小さなミスを経験する、ということもいい。

「失敗は成功の母」というよい言葉がある。
若い人は、失敗を恐れず果敢に新しいことに挑戦してもらいたい。
その経験がいつか必ず生きるときが来る。
少なくとも、自分の失敗を人に語ることができるようになるのだから、
悪いことではない。

ただし、大きな失敗はしてはならない。
取り返しがつかないような失敗は、やはり誰がやっても取り返すことはできない。

2010-09-26 10:19 公開

とにかく行動しよう

言うだけの人だ。口舌の徒だ、と思われるのはやはり悔しい。
おっちょこちょいだが、よく動くじゃないか、
案外やるもんだ、とは思ってもらいたい。
そう思いながら、自分のできる範囲で懸命に努力しているつもりではある。
日程的に少々無理かと思ったが、今回も来てよかった。

百聞は一見に如かず。来るたびに新しい発見がある。

今回もたくさんの感動を頂戴した。
しかし、この感動を文章にするのは、いささか難しい。

まずは、被災地に足を運ぼう。みなさんに申しあげたいのはただその一言だ。
見ればわかる。話を聞けばわかる。

2013-07-28 12:22 公開

若者と年寄りは折り合いがつけられるか

ようやく本気で年寄りと議論して年寄りの鼻を明かしてやろうと
立ち向かってくる、いかにも若そうな人が現れた。
いいことである。

その調子でガンガン本音を語ればいい。
本音を語っているうちに、いくら議論していても実りがないことに気がつくはずだ。

気がついたらどうするか。
なにかをしようということになるはずだ。動こうということになるはずだ。
動け、動け、動け、というのは、そういう人たちへの激励のメッセージである。

若い人は、遠慮なく年金や医療費などの社会福祉・社会保障関係費の
削減を言いだせばいい。

2013-08-16 17:38 公開

いまのままでは絶対にもたない。

私自身はなるべく若い人たちの迷惑にならないようにと思って、それなりに遠慮はしているつもりだが、それでも若い人たちがこれから迎えるであろうさまざまな苦難を考えると、私たち世代の方が遥かに恵まれていることは間違いない。申し訳ないくらいだ。

なんとかしなければならないと思ってはいるが、これまではなんともできなかった。自分たちの方から現在自分たちが享受している便益の返上など申しでないものである。ちょっと申し訳ないなと思いつつ、惰性でやってきた。

「もうこれ以上は無理です、もうこれ以上のサービスはできません」と言われれば、それはそうだろうと言ってあっさり引きさがるのだが、誰も言いださないから現状維持できたということだ。若い人は、思いっきり現在の不条理を訴えればいい。

そして若い人たちにとって都合の悪い仕組みは、
自分たちの手でどんどん変えていけばいい。
高齢者と言われる人たちのなかにも、一定の理解者はいる。

本気で立ち向かってくる若者がいないから、
わざわざ貧乏くじを引くようなことを言いださないだけで、
若い人たちがどんどん声をあげれば、それはそうだぐらいの相槌はうつ。

投票にも行かないで、隠れてブツブツ文句を言うだけの若者が大きな声をあげるようになり、なにかしら行動するようになることはいいことである。

もっとやれ。もっと仲間を増やせ。

まだ自分が高齢者の仲間入りをしたとは思っていない、
ちょっと年寄りの私からの激励のメッセージである。

三〇年後を見据えていま、行動を起こす

ビヨンドX超越国境プロジェクトのなかに、東北応援バスツアーがある。中国人留学生等約四〇名と一緒に宮城県の石巻市を訪ねるものだ。

南三陸町の「さんさん商店街」で浙江大学の訪日旅行団三〇名と合流し、気仙沼の祭りにも参加する。
石巻市の後援を得ることができたので、ビヨンドX超越国境プロジェクトとしては一歩前進である。

三〇年後の日中サミットを目指して、
三〇年後にはそれぞれ日中の指導的立場にいるであろうと思われる若者が、いま、日中友好と東北応援を旗印に東北で一堂に会すというコンセプトである。
もっとも、これは私がそう思っているだけで、参加者のみなさんにはそこまでの意識はない。

昨年の水上温泉での日中友好親善おいで祭り参加ツアーの際に、
「三〇年後の日中サミットを、いま、ここで開催する」と主催者が宣言したことが私の脳裏に残っている。
私の頭のなかでは、東北応援バスツアーも日中ビジネスエキスパート塾も一体である。

なんでもいい。
とにかく、三〇年後を目指して動くことにする。

みなさんも、三〇年後に自分がなにをしているか考えながら、
いまをしっかり生き抜いていただきたい。
動くのは、いつもいまである。
明日になれば、動けなくなるかもしれない。

2013-08-10 05:34 公開

そこまでやるか、と思わせるくらいにやる

なにかが違う。

へぇ、そこまでやるかと思うくらいによくやっている。


労を惜しまないというのはこういうことである。

事前準備を完璧にやる人は後始末も立派にやる。

お世話になった方へのお礼の葉書書き、アンケートの整理、次の企画のための具体的な打ち合わせなどを若い人たちが嬉々としてやっている。


昨年の三回にわたる東北応援視察旅行で見てきた姿を今年も見ることができた。

若い人は、いいと思えばとことんつきあってくれる。

ソッポを向くのも早いが、やる人は実によくやる。

明らかに個人的な損得や利害は超越しているようだ。

無心にやっている。
実に美しい。

へぇ、そこまでやるか。

どこで学んだのか、誰から教わったのかわからないが、そこまでやるかと思わせる
くらいに物事に真剣に取り組む姿はまわりの人に静かな感動をあたえる。
お客さんが置き忘れた土産物を車で追いかけて届けた
女川の高政の部長さんだけではない。
私のすぐ身近にも、そこまでやるのかと思わせるような若者たちがいる。
こういう若者たちがこれからも手を繋いでくれれば、
きっとそこからなにかが生まれるはずだ。

2013-08-17 05:13 公開

女川のどえらい若者

まだ三十八歳だという。
女川でこの二年弱で一〇〇人の雇用をうみだしたという。

四五あった水産加工業のうち四三社が壊滅した、人口約一万人のうち
千人以上が亡くなり、三〇〇人以上が未だに行方不明、
現在の人口はかつての約半分の五〇〇〇人程度というのだから、
女川の被害がどの程度だったかおわかりになるだろう
（もっとも、数字は正確ではない）。

しかし、この若者はいささかもめげてはいなかった。
被災を免れた、建設途上の自分のかまぼこ工場の操業を急ぎ、
それまで一〇〇名程度だった従業員を二〇〇名以上に増やしたという。

2013-07-28 20:49 公開

街の中心部が壊滅状態になった女川では、働き口がないことが最大の問題だった。二〇〇名の雇用を確保すれば、千人の生計が成り立つ。

茫然自失の状態にあってもなんらおかしくないような実に凄まじい状況を目の当たりにしながら、この若者はいささかもめげなかった。

発災直後は自分の工場にあったすべてのかまぼこを避難所にいる人の数にあわせて避難所に届けたという。

外部との交通が遮断され、食糧の供給が途絶えているときに、一番必要な食糧と水を被災者、避難者の数にあわせて提供し続けたというのだからすごい。
しかもその提供の仕方に驚いた。

ひとり一枚宛て。それで食いつなぐのである。

被災者に提供したかまぼこの総量は合計で十数万枚にのぼったようだが、
計算することはやめたそうだ。
全部無償である。
水が欲しいという避難所の住民の求めに応じて、
工場にあった何トンもの水も提供したようだ。

外からの援助の手が届かず、行政の機能も十分働いていないときに、
この若者は一番大事なことをやり遂げている。
被災した人々に公平に手を差し伸べ、
被災した人々に公平に明日への希望をもたらしている。

自分の工場に隣接した空きスペースを無償で開放し、
被災した他の水産加工会社の人たちにその場所での操業再開を促したそうだ。
利他に徹していたのである。
みんなで力をあわせて女川を復興再生しようと声をかけあってきたようである。

この若者の女川の復興・再生を語る一言一句には、大変な力がこもっていた。
もっとも、津波の犠牲になった肉親のことを語るときには言葉につまり、
目を泣き腫らしていたが。

すごい男である。
人に感銘を与えるのは、年齢でも学歴でもない。
なにをやり遂げたか。
なにをやろうとしているのか。
それに尽きる。

経営者として立派にやっているところがすごい。
まだ三八歳という若さにも関わらず、七か国語に通じ、海外でも事業展開している。
視野を国際社会に拡げながら、しかも女川という自分の故郷を大事にし、
女川にいて女川の復興再生の先頭に立っている。

まさに私たちのビヨンドXプロジェクトを地でいくようなものだ。

女川には、こういう若者が何人もいるようである。
女川の復興再生が速いのは、こういう若者が大勢いるおかげだろう。
フレー、フレー、女川。
ガンバレ、ガンバレ、女川。
思わずそう叫びたくなった。

すごい男がいるものだ。
こういう出会いがあるから、やはり労を厭わず、あちこち行ってみるものである。

新しく社会人になられる方へのお願い

四月一日。今日から新年度がスタートします。
新しく社会人になられる方、そして進級、進学を果たされた方。
みなさん、おめでとうございます。

二〇〇八年一〇月から二〇〇九年六月までに約一九万人の非正規雇用の方が職場を失い、一八四五人もの方が内定を取り消された。二月の完全失業率が四・四％で、年末には五・五％ぐらいにまで上昇する。正社員の失職者数は一万二二五〇二人だが二月の雇用調整助成金の対象者は約一八六万人にのぼり、二月の有効求人倍率は〇・五九だ……などという数字を並べると、この厳しい経済情勢のもとで晴れて就職の場を得られる、ということがいかに有り難く、かつ恵まれていることか。

ご自分が置かれている環境に
まずは深い感謝の気持ちをもたれることが大事でしょう。

2009-04-01 05:28 公開

これは、有り難いことなのだ。
そう思われると、ご自身が与えられた職場や仕事が
限りなく愛おしいものになるはずです。
みなさんの前途に幸多からんことを祈っております。

と同時に、みなさんにお願いがあります。

みなさんと同じ空の下に、この寒空の下、今日一日をどう過ごそうかと思い悩み、
不安に戦《おのの》き、そして震えている方が現実にいるのだ、
ということを忘れないで頂きたいのです。
他者への思いやりの気持ち、といったものでしょうか。
他者への関心、と言ったほうがいいでしょうか。
厳しい競争社会のなかで、みんなが同じようには幸せを享受できない。
当然、競争から脱落する人たちもいる。
これが社会の現実です。
しかし、その人たちを、けっして冷たい目で見て欲しくない。

政治は、こうした人たちに手を差し延べ、再起へのお手伝いをします。
これこそ政治の役割だと思っております。
しかし、みなさんがこうした人たちへの熱い思いを失われれば、
政治はこうした人たちへ暖かい手を差し延べることを躊躇し、
やがてやめてしまいます。

政治は、みなさんの思いを代弁し、これを実現するものです。
みなさんが関心を失っていることに政治家がひとりで取り組むことは、
なかなか期待できません。

「自分ひとりがよければいい」
「自分ひとりだけ助かればいい」

そんな世のなかにはしたくありませんね。

平田クン

成田山に襷《たすき》を掛けて参拝したことがある。
もちろん、電車に襷を掛けたまま乗ったこともある。
選挙は、それまで不可能だと思っていたような行動を可能にする。

平成八年の一二月から一二年間、駅頭にでている。
六時頃から九時頃まで東上線の各駅で順次朝の挨拶をしたものだ。

さすがにいまは、そこまでのことはできない。
そもそも時間がとれない。
平成一五年の衆議院選挙で当選させていただいてから、
駅頭での朝の挨拶に加えて、国政レポートを配布するようになった。

その原稿を書いてくれたのが平田クンだった。

2009-02-16 05:41 公開

毎朝四時に葛飾の自宅をでて、私と一緒に駅頭に立った。

一日も欠かさず、ずっと私につきあってくれた。

平田クンのつくってくれた原稿を直すのが楽しみだった。

まるで、自分の法律事務所の若い弁護士の起案に筆をいれているような充実感があった。


誰でもそうだが、最初の起案は跡形もなくなる。

何度も書き直しを求める。

原稿に手をいれるのは、何回か自分で書き直した後。


段々筆をいれるところが少なくなる。

そのうちに、「まあ、それでいいか」となる。

そして、ついに「うん、いいよ」


その平田クンが、私に聞いた。

「総理になっても、朝の駅頭をされるんですか?」

そう聞いた平田クンは、葛飾の区議会議員選挙に立候補したいとの決意を固めていたようで、それからまもなく事務所を辞めた。

四年前のことである。

毎朝駅頭に立ち、自分の政策リーフレットを配布して活動を続けていたが、当選はできなかった。

その平田クンが近くおこなわれる選挙に立候補するという。

ついては、自分のポスターに私が現在使っているスローガンを使いたいという。

「大きな和をつくろう!」

新しい時代。大きな和をつくろうというのが、現在の私の政治モットーである。

平沢勝栄衆議院議員の下で四年間修行して、

いよいよ満を持して挑戦しようというのだから立派だ。

私のところを去ってからも、高い志を失わず、大道を歩み続けてくれていたようだ。

秘書を志す人につねに言ってきた。

秘書で一生を過ごすことは難しい。
自分をみがかなければならない。
つねに勉強しなければならない。
選挙にでる志がなければ、若い人に秘書という仕事は勧められないな。

そう繰り返し言ってきた。

その平田クンが大きく羽ばたく日は近い。
身長が一九〇センチを超えている平田クンは、文字どおり大物になれる。
私は、そう確信している。

大成功に終わったドリームクラブ舞台化プロジェクト

ひとつの夢が実現したようだ。
ハラハラしながら見守ってきたドリームクラブの舞台化だったが、幕日にはアンコール、アンコールの連続で、出演者も舞台設営担当者も感極まって涙を流すほどだったという。

ハラハラしていたのは、私が関係者のひとりだったからという理由もある。

川崎駅前にあるラゾーナ川崎プラザソルで上演されていた「舞台ドリームクラブ　国民総ピュア化計画☆エブリデイが週末!?」が、成功裏に幕を閉じた。

最初はなにがなんだかわからなかった。
二〇代、三〇代の男性ばかりだな、なんでみんなスマートフォンや

2013-08-20 09:22 公開

タブレットをもってきているのだろうなどと不思議に思うことばかりだった。
チケットは完売だということだったが、
関係者が入れるように座席には余裕はあったようだ。

人気恋愛ゲームを舞台化したというのだからどんなものかと
内心心配していたのだが、全部観てひと安心。
これは健康なアイドルグループ誕生のサクセス・ストーリーで、
うまくいけばＡＫＢやウェストサイド・ストーリーになる。

誕生までの舞台裏を知っているから本当はドキドキしていたのだが、
なにはともあれここまでよく仕上がったと思う。
やはりチャンスを与えられたらどんどんやってみるものだ。
満身創痍で取り組んだという演出家の深寅芥さんやプロデューサーの水口誠さん、
映像担当の相馬寿樹君に改めてエールを送りたい。
ラゾーナ川崎プラザソルという場所がいい。

川崎駅が一変して実に魅力的な駅に変貌していた。
ここには夢がある。
街自体が若い人たちの夢を育てる雰囲気がある。
駅前の一等地に若者たちが集える広場があるのだから、
若きアーティストたちの出発の地として、川崎は最高の場所である。

映像担当の相馬君の話である。

観客のスタンディングオベーションが特によかったようだ。
観客と出演者の一体化が実現したようだ。

よくここまでやったものだ。
大変な冒険だったが、与えられたチャンスを十二分に活かすことができたようだ。
一年前には影も形もなかった企画だから、知らない人から見ればまさに奇跡である。
心からおめでとうと申しあげたい。

昨年の一月、私の呼びかけに応じてビヨンドXプロジェクトに集まってきた人たちが、私と一緒に動いているうちに、私とは別に新たなチームを組んで、ドリームクラブの舞台化、新しいアイドルグループの結成というまったく私の当初の構想とは異次元にあるプロジェクトを生みだし、その成功にこぎつけたのである。

私は、なにもしていない。場を提供しただけである。

しかし、ビヨンドXプロジェクトが自分たちの手でなにかを作りたいという漠然とした思いを抱きながら、その具体的目標が定まらずにいた若い人たちの心に火をつけたことは間違いないようだ。
相馬君が何度も何度も私に感謝の言葉を述べてくれている。

少なくともひとりの若者に
自分の夢を実現するチャンスを与えることにはなったのだろう。
これから一人ひとりがどこまで大きくなるか。楽しみである。

立志式

「一五歳の誓い胸に　伝統の立志式四〇回目」
「日高・市立高麗中」という見出しが躍っている。
地元紙である埼玉新聞のいいところだ。
とても全国ニュースのトップになるような話題ではないが、
こういう記事を読むとほっとする。
「論語の『志学』にちなんで、数えで一五歳になる中学二年生が
自分の将来に対する志を全教職員や生徒、保護者、地域の人々の前で披露する
『立志式』を、日高市梅原の市立高麗中学校（村田保夫校長、生徒数一二〇人）が続けている。今年で四〇回目。かつての元服式にも通じるこの行事を行っているのは
県内の中学校で同校だけだ」（広川二六）とある。
立志、という言葉について改めて考える。
人生は意識しないとダラダラと過ぎる。
時は、ダラダラと続いているような気がする。

しかし、実際は違う。
自分で自分の時を刻む。
自覚的に生きる。
これが大事だ。
そのために、志を立てる。
数えで一五歳。
たしかに立志にふさわしい年齢だ。
この記事の隣に、「土俵汚れる」と引退届、との記事が掲載されていた。
例の大相撲の十両力士、若麒麟の大麻問題だ。
「土俵が汚れる」という表現ぶりがいい。
角界特有の倫理観、潔癖感が端的にこの一言に現れている。
政界にも、官界にも、経済界にもこれに相当する言葉はなさそうだ。
弁護士の場合は、「弁護士道に背く」「弁護士倫理に反する」という言葉がある。
私たちは、志を立て、その志を実現するためにひたむきに歩む。
そういう姿は、きっとまわりの人を感動させるはずだ。
ローカルペーパーは、こういう記事を載せてくれるからいい。

2009-02-01 05:41 公開

縁の下の力持ちたち―ビヨンドXプロジェクト―

私自身は、自分の力を考えないでちょっと背伸びをし過ぎるところがあるから、私がひとりで駈けだそうとするときには、ついてこないほうが安全である。そのことは、あらかじめ申しあげておく。

しかし、それでも私のまわりに力がある人たちが集まると結構すごいことができる。私自身には力がなくても、他人の力を引きだす力は相応にもっているようである。

そのことを実証したのが、ビヨンドXプロジェクトである。

救急救命士制度研究会、一般財団法人日本救護救急財団、動態的憲法研究会、新しい選挙制度研究会、ビヨンドX超越国境プロジェクト、一般社団法人全国水鉄砲協会、日中ビジネスエキスパート塾、ビヨンドXフォーラム寺子屋―挑戦者たちの集い―……。

2013-08-25 11:16 公開

私自身ではおよそ実現不能なことを次から次へと立ちあげてきている。

内藤君は、二年半前の東日本大震災に遭遇して自分の人生を変えた。

「なにかをしなければ」と居ても立ってもいられない思いに駆られ、会社に辞表を提出しその後ずっと山元町に入ってボランティア活動に従事してきている。

ついには山元町の人間になるというのだから凄い。


しかも内藤君は、そこまでやるかと思うようなことを粛々とやっている。

気負いがないのがいい。

妙に肩肘を張っていないのがいい。

内藤君は救急救命士と同じで、絶対に目立とうとしない人だが、こういう人が得てして大きな仕事を仕上げるものである。

「継続は力なり」という言葉は内藤君のためにあるようなものだ。

大いに頑張ってもらいたい。

内藤君には、すでにビヨンドXプロジェクトの事務局次長への就任をお願いした。

アメ横で魚屋を開店する大橋君もビヨンドXプロジェクトのメンバーだ。
大橋君は、かつて文化人類学の学徒だったが、思うところあって大学院をやめ
魚屋で何年も修行を積んだうえで、アメ横での出店まで漕ぎ着けた若者だ。
実にユニークである。
人生の選び方がかっこいい。

先日の日中友好・東北応援バスツアーではじめて顔をあわせたばかりの若者だが、
この人も大化けする可能性を秘めている。

こんな風に、ビヨンドXプロジェクトにはちょっと型破りな人が多い。
普通のサラリーマン生活には馴染めないものをもっている人たちばかりである。

しかし、その型破りの人たちがビヨンドXプロジェクトの活動を通じて
それぞれに自分の道を切り拓き、

かつそれぞれに成果をあげてきているのだからすごい。
もちろん、本人にそれだけの力があったのだから当然と言えば当然のことだが、
ビヨンドＸプロジェクト自体にこういう若い人たちの
可能性を引きだす力があったからだとも言えるのではなかろうか。

まあ、ものは試しである。

それぞれの地域で縁の下の力持ちを買ってでておられるみなさんにも
是非ビヨンドＸプロジェクトに参加していただきたいものだ。
ひょっとしたら、ビヨンドＸプロジェクトに出会ったことで、
なにかいいものが産まれるかもしれない。

それぞれの道を歩みはじめた子どもたちへ

親は子どものために存在する。
親は子どもの成長のためには、あらゆることを犠牲にする覚悟がある。

そのことを伝えておきたい。

五人の子どもたちが、それぞれの人生を歩みだした。
それぞれにしっかりと自分の人生をつかみ取って欲しい。
親は子どもを人生のスタート台までは連れていけるが、
そこから先は自分で道を切り拓いていくしかない。

雨風にあたるがよい。
嵐が吹きすさぶなかで道に迷うがよい。

ときには立ち止まり、道を引き返すがよい。

どんなときも親は、君たちを見守っている。

もう君たちに手を差しのべることはしないだろう。
君たちが互いに手を取りあってたくましく生きていくことを信じているから。
もう君たちに教えることもしないだろう。
君たちが自ら学んでいくと信じているから。

これからは君たちの時代。

大きく、大きく羽ばたいて欲しい。
そして、ほんのすこしだけ親に感謝してくれればいい。
(懸命に自分たちの道を歩みはじめた子どもたちへ)

2008-06-26 21:54 公開

父の日に貰った嬉しいメッセージ

ブログをはじめていくつか気づいたことがあります。

言葉には、実に大きな力がある、と。
言葉の使い方を間違えると、とんでもないことになりかねない。
しかし、正しい言葉を使うと、人に大きな勇気と希望を与えてくれる。

言葉には、いい言葉と悪い言葉がある。
私たちは、悪い言葉はけっして使わないようにして、
できるだけいい言葉をまわりに拡げなければならない。

ブログを書かなければ、多分、どんな思いも自分の心のなかに秘めておき、
そのうちに忘れてしまったでしょう。
しかし、毎日ブログを書き、多くの方からコメントを頂戴するようになって、

2008-06-18 06:01 公開

言葉によってどんなに人の心が揺れ動き、
ときには激情さえも誘発することを実感しました。

これからの日本を担う若い人たちに、少しでもいいメッセージを残したい。
それが私の希望です。

個人的なことですが、父の日に三男からうれしいメッセージを貰いました。
個人的なことは書かないほうがいいとは思っておりますが、
本人の了解を得ましたので、掲載させていただきます。

お父さんへ

父の日おめでとう（ありがとう）ございます。
僕も○○年間過ごしてきましたが、これまで不自由なく楽しく過ごせてきたのは、
お父さんが家族の大黒柱としてほとんど休むことなく働いてこられたお陰であり、
すごいなと改めて思うとともに、感謝の気持ちでいっぱいです。

最近、お父さんはなぜこんなにも楽しそうに働き続けることができるのか、
なんとなくですが僕もわかるような気がしています。
それは、「考え、動くことが楽しい」からではないでしょうか。
とくに、ブログを見ると活き活きと考えている姿がはっきり見えてきますよ。

四月の講演会で、お父さんは、社会で活躍できる人間の条件として
「人（お祭り）が好きなこと」をあげられていたと思います。
僕は正直なところ、それにぴったりあてはまるような性格ではないですが、
○○○のなかで他の人と真剣に競いあうなかで、
なにかそれに近い気持ちも抱けつつあるのではないかと感じています。

家訓になりつつあるenjoy!を頭の端にいれつつ、お父さんの前向きに進んでいく
姿を見ながら僕も頑張っていこうと思います。これからもよろしくお願いします。

運のない人、縁のない人、行動力のない人には勧めないが、夢があればやればいい

若者の起業の成功率が低いということを数字で示してくれた方がおられる。
頭がいい人なのだろう。
しかし、頭がいい人はたしかに起業にはむかない。

運、鈍、根の三拍子が揃っていないと、そう簡単には成功しないものだ。

一番大事なのが運である。
福運を積んでいる人は、それほどの苦労をしないでも
物事を成功に導くことができる。
九十九％は、運だと言ってもいい。

2013-09-11 19:36: 公開

運の強い人のそばにいると運がつく。
ウン、ウン、と唸っている人のそばにいればいい。
運の悪い人は、目のまえにあるチャンスを逃してしまう。

運がいいのか悪いのかは、大体経験でわかる。
内藤君は運をつかんでいるから成功する。

私のまわりにいる人は、ほとんどみんな成功している。
まだそこまでの達成感がないのは、私ひとりくらいなものだ。
安心して自分の選んだ道を歩めばいい。
夢に向かってひたすら歩み続けることだ。

ビバ！　青春　―ジョブヨクFS・楽しみな若者たちとの出会い―

いま、私はウキウキしている。
表参道で開かれたジョブヨクFS（フューチャーセッション）の
若者たちとの出会いの余韻を楽しんでいる。

七時から懇親会だということで定刻の少しまえに
指定のシェーキーズの店に出向いたが誰もいない。
一〇分経っても二〇分経っても誰も現われない。

さては参加者が少なくて流れたのかななどと思いながら、
あたりをブラブラ散歩してみた。
ほう、いいところだなあ。
こういう若者の街を歩いたことがなかったので、
すべてが物珍しく、ついつい時間を過ごしてしまった。

2013-09-28 10:37 公開

もう一度シェーキーズの店のまえに行ったがやはり誰もいないような感じだった。
後一〇分待って誰も現われないようだったら失礼しようと思って、
メールをいれたが返信がない。
さあ帰ろうとしていたところに、
ビヨンドXプロジェクトの事務局長の安西君が現われた。
上海から帰ってきて、いま駆けつけてきたところだという。
念のためシェーキーズの店のなかに入ってみたら、いやあ、若い人がいるわいるわ。

みなさん、つい先ほど到着したばかりだということだった。
若い人たちだけでの会議が熱く盛りあがったために
懇親会の会場への到着が遅れたということだった。

早とちりして帰らなくてよかった。
いい若者たちである。

大人との繋がりを求めているのがいい。
社会人との繋がりを求めているのがいい。

大学によっては、社会人と繋がることを目的としているクラブもあるそうだ。

みんな、目が輝いている。
笑顔がいい若者がそろっている。

自分探し真っ最中の人もいるが、みんな積極的である。
これなら、ジョブヨクFSは成功する。
そう確信した。

こうした学生たちが大学や学部、年齢を問わず、
互いに繋がりあう関係を構築できればいい。
いまのところは五〇人程度の規模だろうが、
この人たちがそれぞれの大学でFSを作り、互いに繋がるようになれば、

いずれは一万人を繋げることができるようになる。

これはおもしろい。
大勢の若者が繋がれば、かならずそこからなにかが生まれる。
そのキックオフの場が、昨日の表参道のシェーキーズである。
さて、一万人の若者を繋げることができるかどうか。
私は繋がるほうに賭ける。
夢がどんどん膨らんでくる。
ニコニコ、ウキウキになるのは当然だろう。

若人が互いに繋がりはじめた

自立のときは近いようだ。

SoLaBoとビヨンドXプロジェクトがついに繋がりはじめた。
職欲（ジョブ欲）というコンセプトで若い人たちが集まりはじめた。
無限のモラトリアムを楽しんでいた若者たちが、
地に足が着いた活動を求めはじめているようだ。

ボランティアだったり、早いうちからの社会経験だったり、
これまでは漫然と過ごしがちだった大事な青春のひとときを、
少しでも意義のあるものに変えようとしている若者が着実に増えている。

就活が不首尾で絶望し、自らの命を絶ってしまう若者が増えているというニュースに心を痛めてきたが、ささやかだが灯りがともりはじめたようだ。

2013-09-11 05:18 公開

こういう仕事はやはり無限のエネルギーをもっているはずの若い人たちが自ら道を拓くのがいい。
なんでもやってみることである。
若い人たちの心に火をつけるのは、やはり同世代の若い人たちでなければならない。

フェイスブックでその活動の一端を垣間見ることができた。

繋がりはじめたな。
大変な仕事であるが、見込みはある。

かすかな手がかりだろうが、しっかりとつかんで離さないことだ。
いまは手応えがないように感じるだろうが、何人もの人が手を添えて一緒にたぐり寄せていくうちに、途轍もないものを引き寄せるかもしれない。

まずは三回やってみることだ。

三回やって独立採算でやれる見込みができたら、
後は自分たちの才覚でどんどんやることだ。

私の仕事は、みなさんが早く自立できるようにすることである。
みなさんが自立できるかどうかは、今年の一二月までの活動にかかっている。
頑張る人は、そこまでは無我夢中で頑張っていただきたい。
これ以上は無理だと思う人は、そこで別のことに切り替えていただきたい。

すこしゴールを前倒しすることにする。

自立せよ。
みなさんへのメッセージである。
私へのメッセージである。
日本へのメッセージでもある。

本書は、筆者のブログ「弁護士早川忠孝の一念発起・日々新たなり　通称『早川学校』」（http://ameblo.jp/gusya-h/）に二〇〇七年から二〇一三年にかけて掲載された内容を抜粋・編集したものです。

早川忠孝（はやかわ・ただたか）
1945年長崎県生まれ。東京大学法学部卒業。弁護士。元衆議院議員。現在、弁護士業と共に日本をより良く、より安定した社会に、若い人たちが夢と希望を育てることができる活力溢れる国にしたい、という思いから「鴇田くに奨学基金ビヨンドXプロジェクト」を主宰する等、多方面にて活躍中。著書は『震災から一年後の被災地レポート――ビヨンドXプロジェクトの軌跡』、『天女との語らいシリーズ』（PHPパブリッシング）など多数。

早川学校

ほんのちょっとの勇気と知恵でキミは輝く

発　行　二〇一四年二月一七日
著　者　早川忠孝
発行者　礒貝日月
発行所　株式会社清水弘文堂書房
住　所　東京都目黒区大橋一-三-二〇七
電話番号　〇三-三七七〇-一九二二
FAX　〇三-六六八〇-八四六四
Eメール　mail@shimizukobundo.com
WEB　www.shimizukobundo.com
印刷所　モリモト印刷株式会社

落丁・乱丁本はおとりかえいたします。

 ISBN978-4-87950-614-6
Printed in Japan.